Sobre Kant

BIBLIOTECA PÓLEN

Para quem não quer confundir rigor com rigidez, é fértil considerar que a filosofia não é somente uma exclusividade desse competente e titulado técnico chamado filósofo. Nem sempre ela se apresentou em público revestida de trajes acadêmicos, cultivada em viveiros protetores contra o perigo da reflexão: a própria crítica da razão, de Kant, com todo o seu aparato tecnológico, visava, declaradamente, libertar os objetos da metafísica do "monopólio das Escolas".

O filosofar, desde a Antiguidade, tem acontecido na forma de fragmentos, poemas, diálogos, cartas, ensaios, confissões, meditações, paródias, peripatéticos passeios, acompanhados de infindável comentário, sempre recomeçado, e até os modelos mais clássicos de sistema (Espinosa com sua ética, Hegel com sua lógica, Fichte com sua doutrina-da-ciência) são atingidos nesse próprio estatuto sistemático pelo paradoxo constitutivo que os faz viver. Essa vitalidade da filosofia, em suas múltiplas formas, é denominador comum dos livros desta coleção, que não se pretende disciplinarmente filosófica, mas, justamente, portadora desses grãos de antidogmatismo que impedem o pensamento de enclausurar-se: um convite à liberdade e à alegria da reflexão.

Rubens Rodrigues Torres Filho

Gérard Lebrun

SOBRE KANT

Organização
Rubens Rodrigues Torres Filho

Tradução
José Oscar de Almeida Marques
Maria Regina Avelar Coelho da Rocha
Rubens Rodrigues Torres Filho

ILUMINURAS

Biblioteca Pólen
Dirigida por Rubens Rodrigues Torres Filho e Márcio Suzuki

Títulos originais
Hume et l'astuce de Kant, De l'erreur à l'aliénation, Le rôle de l'espace dans la formation de la pensée de Kant, L'approfondissement de la *Dissertation de 1770* dans la *Critique de la Raison Pure*, L'aporétique de la chose en soil, La troisième *Critique* ou la théologie retrouvée, La raison pratique dans la *Critique du Jugement*

Projeto gráfico da coleção e capa
Fê
sobre *Vénus bleue* (1957), pigmento puro e resina sintética sobre poliéster [54,2 x 25,5 em],
Yves Klein (coleção particular).

Preparação de texto e revisão
Celia Cavalheiro

Revisão
Alexandre J. Silva

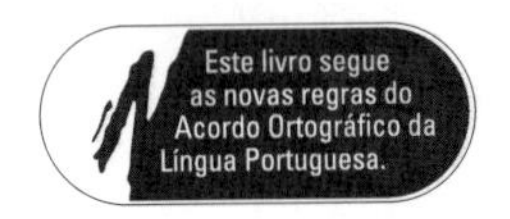

CIP-BRASIL. CATALOGAÇÃO-NA-FONTE
SINDICATO NACIONAL DOS EDITORES DE LIVROS, RJ

L498s

Lebrun, Gérard, 1930-1999
Sobre Kant / Gérard Lebrun ; organização Rubens Rodrigues Torres Filho ; tradução José Oscar Almeida Marques, Maria Regina Avelar Coelho da Rocha, Rubens Rodrigues Torres Filho. –
São Paulo : Iluminuras, 1993. – 4. reimpr. 2012 - (Biblioteca Pólen)

ISBN 85-85219-52-1

1. Kant, Immanuel, 1724-1804. I. Torres Filho, Rubens Rodrigues, 1942- II. Título. III. Série.

08-3994. CDD: 193
CDU: 1(43)

12.09.08 16.09.08 008736

2012
EDITORA ILUMINURAS LTDA.
Rua Inácio Pereira da Rocha, 389 - 05432-011 - São Paulo - SP - Brasil
Tel./ Fax: 55 11 3031-6161
iluminuras@iluminuras.com.br
www.iluminuras.com.br

SUMÁRIO

HUME E A ASTÚCIA DE KANT[1]

Era uma vez, em Königsberg, um professor de metafísica que falava a seus alunos da Alma, do Mundo e de Deus. Leu um dia um cético escocês, David Hume, "o mais engenhoso de todos os céticos" — e essa leitura o levou como hoje se diz, a *colocar-se em questão*, a questionar-se e interrogar-se a si próprio. Perguntou-se se era mesmo uma ciência o que ensinava. Perguntou-se se alguma ínfima proposição geral que proferia em suas aulas era verdadeiramente *necessária*, se enunciava algo cuja falsidade fosse impossível. "*Toda mudança necessita de uma causa*", por exemplo. É realmente necessária esta proposição? Sim — responder-se-á — eu não sei, desde sempre, que uma bola de bilhar que se acha em movimento deve ter recebido um impulso? O problema — replicava Hume — é que não é essa a questão: o que lhe pergunto é se a simples noção de "movimento da bola" envolve já a de "impulso" e se, por mero raciocínio, antes de qualquer experiência, você poderia descobrir esta *contida* naquela. E considere da mesma maneira qualquer conexão: "solidez" e "peso", "calor" e "chama"... Incansavelmente, Hume nos pergunta: — Diga-me a razão precisa porque você pensa como *inseparáveis de direito* esses conteúdos distintos e desligados. Essa conexão de direito — acrescenta — eu o desafio a encontrá-la: você só poderá, vencido pelo cansaço, invocar a sua experiência passada e a de todos os homens. Mas uma repetição de experiência já garantiu alguma vez a necessidade absoluta de alguma relação? É a experiência que torna necessário um teorema de geometria? Ora, quando se trata de fatos e eventos, você nunca obterá o equivalente dessa certeza geométrica...

[1] O *Estado de S. Paulo*, Suplemento "Cultura", 12 dez. 1976.

Se Kant foi "despertado" por Hume do seu "sono dogmático", é que não achou *nada a responder* ao desafio lançado *nesses termos*. Hume — disse ele — provou "de maneira irrefutável" que é inconcebível que a existência de uma coisa B deva resultar *necessariamente* da existência de uma coisa A. Teve, pois, "toda a razão" em concluir que a ideia de haver uma relação de causalidade *entre essas coisas* (fora do nosso espírito que, por hábito, forja esta relação) é "uma mentira e uma ilusão".

Na vida cotidiana, aliás, isto é de escassa consequência: os homens logo se resignarão a saber que a mera razão nunca lhes permitiria ligar "calor" e "chama". Mas Kant era professor de metafísica. E que será, desde então, do metafísico, daquele que fala de noções das quais não temos experiência sensível e que, por isso, não pode sequer fundar na observação as relações que estabelece entre essas noções? Que direito terá a pretender que "Deus é a causa do mundo" (ou: a "infraestrutura" a causa da "superestrutura")? Nenhum, é claro. É o que concluía Hume, com perfeita coerência. E é por isso que a leitura de Hume não produziu em Kant o efeito de um despertador, mas o de uma campainha de alarme. Hume, incontestavelmente, havia destruído "o que até aqui se chamou metafísica"; mas havia ele extirpado, com isso, *toda possibilidade de metafísica*? É verdade que após Hume nossos livros de teologia não são mais que castelos de cartas. Será possível, entretanto, que os conteúdos *suprassensíveis*, como "Deus", "a liberdade", sejam noções absolutamente desprovidas de sentido? Não deve ser assim...

E, contudo, o que responder a Hume? Se a razão, sozinha, não me permite sequer ampliar o conceito que tenho de um objeto da *experiência*, o que será, *a fortiori*, dos objetos que estão *além da experiência*? Se o conhecimento do sensível não pode, quando muito, me conduzir a mais do que a frágeis constatações, que nada têm de necessário ("*toda vez que* um corpo permanece exposto ao sol, aquece-se"), como produzir enunciados necessários referindo-se ao suprassensível? Quem não pode o mínimo, não é capaz do máximo... A questão está, pois, decidida: *não há, para nós, suprassensível.*

Ainda que esta conclusão escandalize, não basta esconder o rosto. É preciso responder a Hume. Mostrar que Hume pecou, por precipitação, ao proclamar a total impotência da razão. E, para começar, é preciso retomar a sua análise do conhecimento do sensível.

Seja o juízo seguinte: "o sol é, por sua luz, causa do calor de um corpo." Sem dúvida, se eu não soubesse, por experiência (por ouvir dizer, para o cego de nascença), que há um sol e há corpos, nunca pronunciaria este juízo. Mas significa isto que a ligação que ele enuncia seja apenas imposta pelo hábito? Poderia eu emitir esse juízo se fosse apenas um ser educado pelas minhas experiências e não um animal *racional*? Em outras palavras, não é a razão que me obriga a instaurar aqui uma conexão inseparável?... Se conseguisse provar isso, então a *possibilidade*, pelo menos, da metafísica estaria a salvo, pois eu teria mostrado que, fora da matemática, ainda cabe um saber *de origem racional*... Mas Kant, ao que parece, é justamente o último que possa ministrar essa prova, pois acaba de conceder quase tudo a Hume — reconhecendo com este que do conceito de uma *coisa* A nunca se tirará, pela mera razão, o conceito de uma *coisa* B. Depois disso, como mostrar, sem incoerência, que a causalidade é uma prescrição surgida da razão e antecipadora da experiência?

É hora de avisar o leitor que, até aqui, narrei essa história guiando-me pelo relato de Kant: o despertar angustiado, a dúvida insuportável... Ora, pode-se duvidar de que todo este drama intelectual tenha jamais ocorrido da maneira contada por Kant, esse mestre do *suspense*. Através dele, admiremos antes a mais insidiosa (e a mais deslumbrante) das retiradas estratégicas que se possa efetuar nessa arte da guerra ideológica chamada "filosofia": Kant finge ceder em tudo, porque será o único meio de não ceder em nada.

É verdade que a causalidade não é uma "condição inscrita nas coisas": salvo por intervenção de um *Deus ex machina*, como seria possível que um conceito *nascido da nossa razão* ("B é o consequente constante de A") fosse residir nas coisas, isto é, em seres que, por definição, existem *fora de nossa razão*? Toda a *Crítica da Razão Pura* é escrita para convencer-nos de que, quando conhecemos ou formulamos um conhecimento, nada desvendamos de "Ser em si", não deciframos um texto que teria sido gravado "nas coisas", como pretendiam os metafísicos desde Platão. Penetrar por nossa razão *nas coisas*... Pretensão fanfarrã, que Hume teve o imenso mérito de refutar. Mas acreditou que *todo conhecimento racional de objetos* se tornava, com isso, ilusório — o que era atribuir demasiada honra à metafísica nascida de Platão. Em suma, Hume só teria toda a razão se o platonismo não tivesse sido um conto de fadas. Se pudéssemos aceder ao Ser — ao Ser sem fragor, luminoso, tal como Deus o domina pelo olhar — é verdade que nada poderíamos adivinhar das leis que regem esse estranho reino. Sob essa luz demasiado intensa, ficaríamos cegos — e nada conheceríamos a não ser tateando, por *experiência*. O que nos contou Hume, a seu pesar, é o *verdadeiro* passeio fora da Caverna — e é por isso que, no juízo de Kant, este demolidor da velha metafísica permanece ligado passionalmente a ela, como o algoz à sua vítima.

Mas larguemos Platão. — E, ao invés de nos evadirmos do sensível, afundemos com Kant no sensível *tal como é*, quer dizer, *tal como é preciso que seja*. "Pobres filhos da Terra" que somos, nunca frequentaremos as coisas — é verdade. Mas essa é uma boa nova, pois tais *coisas*, afinal, como Hume tão bem viu, nunca ofereceriam relação necessária à inspeção de nosso espírito. Ora, tudo se passa de maneira inteiramente diversa com os *objetos* que surgem do espaço e do tempo — com estes conteúdos feitos para serem percebidos, imitados, medidos por *homens*. São meras "sombras", banidas para fora da criação divina, está certo; mas é somente nesse claro-escuro, desdenhado pelos metafísicos, que estamos, *por princípio*, em *pays de connaissance*. Sim: por princípio. Para que um conteúdo esteja relacionado comigo em posição de objeto (seja ele qual for: os arranha-céus que vejo da minha janela, este jornal que você lê), deve estar *já* submetido a certas regras universais — sem o que *não seria nada* para você nem para mim. Água que fervesse sem eu acender o fogo seria sonho e não, um "objeto", pois um evento só se diz "objetivo" se a mudança que expõe remete, segundo uma regra determinável, a um evento antecedente.

Concedido isso, dá para ver o que se ganha ao passar da *coisa-em-si* do metafísico ao *objeto de experiência*, cujo rosto, por assim dizer, já se acha desenhado pelas leis imprescritíveis que determinam o que deve ser a experiência sensível? Ganha-se o direito de dizer que há pelo menos um país — o dos homens — onde a causalidade resulta ser precisamente uma relação essencial *entre os objetos*, pois que, sem ela, não haveria "objetos". É por isso que Hume era apenas um contrametafísico, e não um crítico da metafísica. Desafiava-nos a encontrar *entre as coisas* uma conexão necessária (que só poderia ser teológica ou mágica). Tinha razão — mas com a ressalva de que a relação de causalidade se encontra num lugar distinto daquele onde ele justamente constatava a sua ausência. Como toda noção racional teórica, ela só é manifesta na origem do sensível, *enquanto este não é um caos*. Como toda noção racional teórica, ela é essa antidesordem inaugural pela qual os conteúdos sensíveis são articulados de uma vez por todas, sob o nome de "objetos", *de modo a nunca mais nos desconcertarem.*

"Se alguém, dizia Hume, pudesse abstrair tudo o que sabe ou viu, seria completamente incapaz, consultando apenas suas próprias ideias, de determinar *que espécie de espetáculo* o universo deve ser...". Não, responde Kant. Um conceito racional como a causalidade, *pelo menos* no caso dos objetos da experiência, não é uma palavra vazia, e, nessa região *pelo menos*, o entendimento, longe de ser cópia autenticada *de minhas experiências*, é o "*metteur en scène*" da *experiência.* E, como o entendimento humano é, pois, o delegado de um poder de legislação referente aos "objetos" (a palavra erudita é *transcendental*), é permitido esperar que a razão *pura*, isto é, desligada do sensível e, por conseguinte, incapaz de nos fazer conhecer o que quer que seja, possua *pelo menos*, também ela, uma independência e um poder. Está desbravado o caminho, a cujo termo se dissiparão "as dificuldades que pareciam opor-se ao teísmo". É pelo menos permitido esperar que a palavra "Deus" venha a guardar um sentido. Como queríamos demonstrar.

Pois é isto mesmo que está em jogo, só isto está em jogo nesse ajuste de contas: Kant defende a ciência enquanto prática *racional* apenas para ressalvar os direitos da *razão em geral* — e notadamente o direito de pensar, se não de conhecer o suprassensível. — Esse "em-jogo" foi amenamente dissimulado a gerações de escolares, ao se lhes ensinar que a possibilidade das ciências da natureza, diabolicamente minada em Edimburgo, fora salva *in extremis* em Königsberg, poucos anos depois. Tocante lenda universitária que só tem um defeito: crer na palavra de Kant quando deplora que Hume tenha sido capaz de se resignar à falência da ciência. Muito penaríamos à cata de um único texto em que Hume confessasse reduzir a "ficções" as leis da natureza e pulverizar as ciências. Este newtoniano convicto nada tinha de um Doutor Fantástico da *episteme*. Sua verdadeira audácia — vertiginosa, é verdade — foi libertar o saber do sistema de segurança ideológica chamado "razão universal". Foi pensar que uma proposição, para ser *científica*, não precisa inscrever-se num *logos* que já tivesse organizado o Ser ou *o "fenômeno"*. E, este desafio radical, Kant não o enfrentou...

A partir daí, como dizer que ele salvou a ciência contra Hume? O que Kant salvou por um tempo, deslocando audazmente — e genialmente — o platonismo, foi a razão universal, essa figura derradeira de Deus, a mais sorrateira — que os procedimentos científicos, na realidade, podem perfeitamente dispensar. O que exorcizou foi a imagem de uma ciência adulta, que funcionasse sem garantia nem "fundamento" e, nem por isso, se portasse mal. Assim é que Kant, "retardador do ateísmo", foi canonizado como salvador da "ciência", e Hume, esse espírito livre, permaneceu, para uma tradição condescendente, como "o mais engenhoso de todos os céticos". História edificante, da qual a lição a tirar é que é preciso acabar com o mito da "Ciência" para se ter certeza da eliminação do mito de "Deus", e que não há ateísmo consequente sem destruição de todas as fórmulas de "saber universal". Eu disse mesmo: *todas*.

DO ERRO À ALIENAÇÃO[1]

Na Reflexão 3.707, intitulada: "Certeza e incerteza do conhecimento em geral", Kant escreve: — Ainda que as coisas sejam em si mesmas certamente o que são, tem-se o direito de falar de uma *incerteza objetiva*, na medida em que nosso conhecimento, na sua condição de limitado, encontra forçosamente, nas coisas que conhece, relações que é incapaz de determinar. "Se o diâmetro aparente de uma estrela é conhecido, mas sua distância é desconhecida, a verdadeira grandeza dessa estrela permanece incerta — ainda que dessa incerteza por si só não possa nascer nenhum erro". E prossegue: os limites de nosso conhecimento dão conta de nossa ignorância, mas absolutamente não bastam para tornar inteligível a possibilidade do erro. É impossível, ao contrário, emitir julgamentos errôneos enquanto se está ciente de não estar em condições de julgar. — Kant limita-se a retomar aqui um tema clássico: ali onde tenho consciência de minha ignorância, não há erro possível. Desde o *Teeteto*, estava claramente indicada a linha divisória entre saber e ignorância: "É impossível que aquele que sabe algo não o saiba e que aquele que não o sabe o saiba." (188b)

Disto, Platão concluía a impossibilidade do erro. A opinião falsa, se existisse, consistiria em tomar as coisas que se sabem por coisas que se ignoram — ou, ainda, em confundir duas coisas que se conhecem... Fórmulas vazias de sentido, uma vez que foi traçada a fronteira entre Saber e Não-saber, entre certeza e incerteza. E toda a estratégia de Sócrates, na continuação do diálogo, consiste em mostrar que não há nenhuma explicação do erro que não nos faça, no final das contas, recair nessa aporia, —

[1] Texto inédito.

nenhuma sutileza que permita escamotear a oposição absoluta entre "saber" e "não-saber". É bem prematuro o júbilo de Teeteto quando Sócrates distingue o fato de *possuir* (*tò chechtẽthai*) e o fato de *ter* (*tò échein*) a ciência. À primeira vista, a solução parece elegante: os conteúdos do saber seriam então como pássaros que eu *teria* no meu viveiro; ao querer *apanhá-los*, poderia acontecer--me pegar um "11" em lugar de um "12" — como um pombo do mato em lugar de uma pomba (199a-b). Na realidade, acrescenta Sócrates de pronto, essa solução não nos faz avançar um passo: os conteúdos de conhecimento não são como pombas que passam depressa demais e sobre os quais eu fecharia a mão ao acaso. Se apanho um pombo do mato em lugar de uma pomba, isso é a prova de que ambos são pássaros; se confundo um conceito com outro, isso prova que não conheço nem um nem o outro...

No entanto, essa distinção entre ter e possuir permitirá atribuir ao erro um estatuto, uma vez que ele foi transformado numa distinção entre *constatar* e *julgar*. Essa é a solução do *Sofista* (262-263). Se se consente em não restringir o *logos* à constatação de um "fato atômico", a uma nominação bruta de *o que é* — e sim fazê-lo surgir quando (e somente quando) eu atribuo a um sujeito *o que ele é*, então o erro volta a tornar-se compreensível. Inencontrável enquanto era procurado no nível dos meros conteúdos — que não podem ser aquilo que não são, representar aquilo que não representam, — o erro adquire um sentido no nível da articulação dos conteúdos: o erro não podia ser uma percepção aberrante; será agora *um julgamento* infeliz. Se não posso tomar Teeteto por Teodoro, quando os conheço a ambos, posso julgar, em compensação, que "Teeteto voa", isto é, atribuir-lhe um predicado que não lhe compete. Com o *logos* predicativo, abre-se um espaço no qual os absurdos não são mais ontologicamente impensáveis e onde as distorções de sentido não são mais alucinações: com o benefício do jogo entre conteúdo representativo e julgamento, pode-se *dizer*, sem ser louco, aquilo que não se *verifica*.

É essa diferença que Descartes invoca na Quarta Meditação. Em si mesmas formadas como conteúdos representativos, as ideias nada têm de falso; apenas têm mais ou menos de realidade objetiva, de peso de ser. O logro começa quando afirmo além daquilo que me permite a realidade objetiva dessas ideias inocentes: "E é neste mau uso do livre arbítrio que se encontra a privação que constitui a forma do erro."[2] A desproporção entre a infinidade do livre arbítrio e a limitação do entendimento, eis a fonte do erro e a explicação do paradoxo que faz com que, embora ignorando, possamos sem mentira falar a linguagem daquele que sabe. Ou, mais exatamente, o erro provém de uma certa displicência dessa vontade soberana. Em relação ao saber e ao não-saber, ela é *indiferente*. De uma tal "indiferença", cabe unicamente a mim fazer bom uso e abster-me "de formular meu juízo sobre uma coisa, quando não a concebo com suficiente clareza ou distinção." Mas também basta-me um momento de desatenção para formular um juízo temerário, pois, por força da "indiferença", a vontade pode fazer-se caprichosa: ali onde nenhuma razão "me persuade de uma coisa mais do que de outra (...) se segue que sou inteiramente indiferente quanto a negá-la ou assegurá-la, ou mesmo ainda a abster-me de dar algum juízo a este respeito" (§11).

Tocamos aqui a razão "positiva" do erro? Não. Descartes explica sim o mecanismo, mas empenha-se em normalizar isso que poderia passar por um fenômeno patológico em pleno coração do saber. "Não tenho motivo de me lastimar" se Deus me dotou de um entendimento finito: "Não tenho também motivo de me lastimar do fato de me haver dado uma vontade mais ampla que o entendimento (...) enfim, não devo também lamentar-me de que Deus concorra comigo para formar os atos dessa vontade, isto é, os juízos nos quais eu me engano..." (§13). Não há nenhum culpado, pois, na origem dessa malversação; nenhuma de minhas faculdades é responsável pelo erro, mas somente o uso que delas faço — o "Juízo" no sentido kantiano. Parece que Descartes nos deixa entrever — com a indiferença da vontade — uma razão, que poderia ser positiva, para o erro, mas somente para, logo em seguida, minimizá-la até seu anulamento. E é por isso, finalmente, que, se ultrapasso o limite além do qual se torna imprudente afirmar, só posso culpar por isso minha própria distração...

[2] René Descartes, *Meditações*, trad. Jacó Ginsburg e Bento Prado Jr., "Os Pensadores", Quarta Meditação, §13.

Certas passagens de Kant retomam essas afirmações de Descartes: "em certo sentido bem se pode fazer do entendimento o autor dos erros, ou seja, (...) por falta da *atenção devida* a essa influência da sensibilidade (...). A natureza, por certo, nos negou muitos conhecimentos, ela nos deixa, a respeito de tantas coisas, em uma inevitável ignorância; mas o erro ela não causa. A este nos induz nosso próprio pendor (*Hang*) a julgar e decidir, mesmo ali onde, por causa de nossa limitação, não estamos capacitados a julgar e decidir."[3] Resta saber, porém, se essa distração não é tornada possível por um enceguecimento mais profundo. É surpreendente notar que o erro, entre os clássicos, jamais vai além daquilo que Kant denomina "erro de absurdo" (*Ungereimtheit*) ou "erro inepto" (*abgeschmackte*): "Um erro onde a aparência está manifesta até mesmo para o entendimento comum (*sensus communis*) denomina-se uma *inépcia* ou *absurdo*. (...) Um erro *inepto* pode-se também chamar um erro ao qual nada, *nem sequer a aparência*, serve como desculpa."[4] Nietzsche notará isso e não poupará de seus sarcasmos essa desvalorização sistemática do erro:

> O conceito do erro exprimiria, de direito, o que pode acontecer de pior ao pensamento, isto é, o estado de um pensamento separado da verdade. Também aqui, Nietzsche aceita o problema tal como é expresso *de direito*. Mas, justamente, o caráter pouco sério dos exemplos correntemente invocados pelos filósofos para ilustrar o erro (dizer "bom dia, Teeteto" quando se encontra Teodoro, dizer 3 + 2 = 6) mostra suficientemente que esse conceito de erro é somente a extrapolação de situações de fato artificiais, pueris ou grotescas. Quem diz: 3 + 2 = 6, senão a criança na escola? Quem diz "bom dia, Teeteto", senão o míope ou o distraído?[5]

Por que escolher tais exemplos? Talvez, justamente, porque são suficientemente insignificantes para não nos despertar o desejo de investigar se não haveria uma razão *positiva* — aquela que Kant reclama na Reflexão 3.707, nosso ponto de partida. "Do fato de que não conheço certas coisas não se segue ainda que eu

[3] Immanuel Kant, *Logik, ein Handbuch zu Vorlesungen* ("Lógica de Jäsche"), Nocolavius, Königsberg, 1800; Akademie Ausgabe, v. IX; Introdução, VIII; A 78, 79; IX, 54.
[4] *Logik,* A82; IX, 56-57.
[5] Gilles Deleuze. *Nietzsche et la Philosophie*. Paris: PUF, 1970, p. 120.

possa emitir um falso juízo." De onde vem, então, o erro? Qual é a potência que o engendra? Será tão certo, no final das contas, que ele nasce apenas por inadvertência?

Que a opinião falsa seja outra coisa, diferente da ignorância, todo mundo admite, desde o *Teeteto* de Platão. Mas que ela esteja enraizada em um poder positivo, eis aí, também, algo que todos teimam em dissimular. Seria admitir que o homem está separado da verdade por uma distância *de direito*: prefere-se lançar o erro na conta de lapsos e quiproquós, futilizar "psicologicamente" o negativo, e assim desviar-se dele. Na Quarta Meditação, escreve Gueroult, o objetivo da investigação "é explicar o erro como privação, por uma combinação de fatores psicológicos tal que sua imperfeição positiva, indiscutível na alma humana, não envolva nenhuma do ponto de vista metafísico."[6] Quer dizer: *desde já* a "psicologia" estava encarregada de fornecer álibis (teológicos, ainda não sociais) e de dissimular as contradições conceituais. É pela mesma razão que não se quer reconhecer uma potência ontológica na origem do erro e que se escolhem sempre os casos mais benignos para ilustrar o erro. É preciso que a falsa opinião, uma vez reconhecida, nada mais seja senão um *desvio mínimo*, um extravio sem consequências, tal que lhe baste um golpe de bastão para regressar ao juízo verdadeiro; é preciso que a falsa opinião jamais me faça perder totalmente de vista a esfera na qual minha afirmação será seguramente adequada à ideia.

Releia-se o final da Quarta Meditação: não pode haver outras causas do erro, além das que acabo de expor, garante Descartes. "*Pois*, todas as vezes que retenho minha vontade nos limites de meu conhecimento, de tal modo que ela não formule juízo algum senão a respeito das coisas que lhe são clara e distintamente representadas pelo entendimento, *não pode ocorrer que eu me engane*..."[7] O erro, tal como acaba de ser descrito, foi, pois, talhado sob medida para que permaneça intacto (exigência suprema) esse solo de certeza. A possibilidade do erro foi determinada de tal modo que a possibilidade de um conhecimento *indubitavelmente verdadeiro* esteja salvaguardada. Por que indubitavelmente verdadeiro? "Não pode ocorrer que eu me engane; *porque*

[6] Martial Gueroult. *Descartes selon l'Ordre des Raisons*, v. I, p. 311.
[7] §16. Nós sublinhamos.

toda concepção clara e distinta é sem dúvida *algo de real e de positivo*, e portanto não pode ter sua origem no nada..."[8] As ideias claras e distintas tendo, assim, necessariamente Deus por autor e fiador, é óbvio que os julgamentos que se regulam *unicamente* por elas são, de ofício, "verdadeiros". Qual é, nesse final de frase, a exigência essencial? O latim de Descartes o mostra melhor que a tradução francesa, que o dilui:

> ... quia omnis clara et distincta perceptio procul dubio est *aliquid*...

Há uma região onde não posso conhecer sem conhecer *aliquid*, isto é, "algo" e "algo que é". Em suma, Descartes, ao conceder direito de cidadania ao erro, nada mais faz senão restringir o campo que o *Teeteto* de Platão desdobrava em sua universalidade. Curiosamente, com efeito, a linguagem que Descartes fala para justificar sua concepção do erro é a mesma que, no *Teeteto*, anuncia a impossibilidade do erro, o nascimento do *letmotiv* que liquidará todas as tentativas de dar um sentido à falsa opinião.

> — Aquele que julga algo não julga algo de *uno*?
> — Necessariamente.
> — Mas quem julga algo de *uno* não julga algo que *é*?
> — Concedo.
> — Aquele, pois, que julga o que não é não julga *nada*... Ora, não julgar nada é pura e simplesmente não julgar.[9]

Na Quarta Meditação, Descartes continua a reconhecer a validade desse princípio — "Julgar algo é julgar algo de ente" — mas limita essa validade ao campo das ideias distintas, de tal modo que o erro, fora desse campo, toma-se concebível: basta que eu me abandone aos caprichos de minha vontade para que meu julgamento deixe de confiar unicamente nas ideias claras e distintas. Graças a essa concessão — permitida pela "análise

[8] Ibidem.

[9] Platão, *Teeteto*, 189a. Eis aqui o texto grego, com o destaque do jogo de palavras:
— Ho dè dè doxázon ouch HÉN gé TI doxázei?
— Anánche.
— Ho d'hén ti doxázon ouch ÓN TI;
— Symchorõ.
— Ho ára mè ón doxázon OUDEN dóxázei... Allà mèn hó ge medèn doxázon tò parápan oudè doxázei.

psicológica" — o erro pode, pois, ser reconhecido, e a conclusão do *Teeteto* pode ser edulcorada sem que o princípio dela seja abalado. O racionalismo evita a "escolha embaraçosa" na qual Sócrates acabava acuando Teeteto: "*Ou* não há falsa opinião, ou é possível não saber o que se sabe. Qual dos dois você escolhe? — Você propõe uma escolha embaraçosa, Sócrates. — E no entanto o argumento periga não nos permitir conservar os dois..." (196c-d). Todas as teorias clássicas do erro — fora a de Espinosa — são feitas para fornecer a Teeteto a resposta que, naquele dia, ele não encontrou. Para recusar o dilema de Sócrates e ter o direito de dizer: o erro existe, ainda que seja impossível conhecer e não conhecer, ao mesmo tempo a mesma coisa. Dão-nos, assim, os dois ao mesmo tempo: a compreensão do erro e a garantia de que há um saber do ser. Dá-se conta de um *fato* — que seria absurdo ignorar — conservando embora, à custa de uma limitação, um *princípio* que seria perigoso abandonar.

Por que, exatamente, perigoso? Por que continuar a admitir como um dogma que o juízo "verdadeiro" diz respeito àquilo que é e que não se julga (propriamente falando) daquilo que se ignora? Perguntar isto é perguntar, sob outra forma, por que o erro não passa de um pseudojulgamento, nascido de nossa inércia e de nossa preguiça, e por que não tem cabimento investigar sua razão "positiva".

Platão indica muito claramente porque esse princípio não deve ser posto em questão: se o recusássemos, a que consequências estranhas não seríamos conduzidos? "Isso de que temos o saber, ignorá-lo, não por ignorância, mas pelo próprio saber que se tem dele (*mè agnomosýne, allà tẽ heautoù epistéme*) (...) como não seria o cúmulo da desrazão (*ou pollè alogía*) essa alma que, uma vez nascida para a ciência, não conhece nada e ignora tudo?" (199d). O pensamento clássico em sua unanimidade dá razão a estas linhas de Platão — e a teoria do erro, desde o *Sofista,* tem por tarefa evitar tais paradoxos: certo, é possível enganar-se, mas sempre "por inadvertência", nem porque ignoro, nem porque conheço (com o auxílio da indiferença da vontade, de nossa distração e alguns avatares psicológicos). Assim o erro, fenômeno periférico, não põe em causa a estrutura do Saber.

Mas esta solução é mesmo satisfatória? E não teria sido preferível ficar com a posição do *Teeteto*? "Uma vez que, sobre todas as coisas que sabemos ou que não sabemos, em nenhum termo desta alternativa aparece como possível julgar falsamente." (188c) É isso que sugere a Reflexão 3.707. Como julgar falsamente enquanto se ignora? É preciso sempre voltar a esse ponto. "É impossível que se erre nisto, enquanto se está consciente de que não se está apto a julgar." Se se admite que todo juízo é determinação do ser em si, que todos os conteúdos são integralmente partilháveis entre o Saber e o Não-saber, *então não há erro possível*: o Sócrates do *Teeteto* e Espinosa têm razão. E Espinosa, ainda, estava bem fundamentado para rejeitar desdenhosamente a psicologia cartesiana da vontade: não se trapaceia com a ontologia.

Em contrapartida, se o erro existe — e ele existe, — então é uma ontologia nova que é preciso estabelecer, não para dar conta dele posteriormente, mas para fazer-lhe justiça. Mesmo que, com isso, se devam aceitar as consequências estranhas acarretadas por essa recusa: "Isso mesmo de que temos o saber, ignorá-lo, não por ignorância, mas pelo próprio saber que se tem dele...". Essa hipótese, Platão a dava por fantástica. Ora, ela bem poderia designar o verdadeiro lugar do erro e sua natureza profunda. O erro, como vimos, era dificilmente pensável enquanto se devia inseri-lo em um Saber já assegurado de seu direito — e só era possível inseri-lo ali introduzindo um insignificante gaguejar no discurso que diz o Ser. Mas tudo mudaria se esse Saber-testemunha constituísse justamente a *ignorância em pleno coração do saber* ("ignorar pelo próprio saber que se tem"), que Platão julgava inimaginável, se a Ciência de que os clássicos faziam a medida de nossas distrações fosse esse Não-saber que se dá a *aparência* do mais elevado saber.

Essas linhas de Platão localizam com bastante exatidão — à revelia do autor — o conhecimento enceguecido pela pretensão que tem de atingir "a verdadeira essência" (cf. 186c). De que serve, então, travestir o erro em uma crispação psicológica? Ele não é o efeito de uma temeridade irrefletida, mas de uma *ignorância inconsciente*: não consiste em afastar-se momentaneamente do saber do Ser, mas em pôr, sem exame, que há um saber do Ser e que é sempre possível voltar ao verdadeiro "comparando nossos conhecimentos com o objeto."[10]

Assim Kant inverte o problema. A Ciência. pretensamente o juiz do *erro-distração*, toma-se o melhor exemplo do *erro-ilusão*. A falsidade não é mais uma falta com relação a uma verdade sempre segura (desde que eu preste atenção), mas um descuido quanto à fragilidade do saber. Doravante, o falso não deve mais ser buscado nas Aparências facilmente corrigíveis da vida cotidiana, mas na Aparência bem mais enraizada que leva o metafísico a decidir sem mesmo perguntar-se quais são seus títulos. "O erro é possível unicamente por uma inconsciência (*Unwissenheit*) da indeterminação (objetiva) do conhecimento" e é por isso que ele é melhor detectado pela gravidade do filósofo que pela leviandade do senso comum.

Tentemos medir o alcance dessa inversão:

1º) Até então, se se havia reduzido o erro aos seus casos mais benignos, era para salvaguardar o dogma da *validade ontológica natural* do juízo, isto é, aquilo que Kant denomina *a Aparência* (*der Schein*) e em que ele vê o princípio supremo de todos os erros, desde o mundo que eu proclamo finito ou infinito até o bastão que me aparece quebrado dentro da água Os clássicos só escolhiam exemplos "psicologizáveis" de erros porque não ousavam ou não podiam elucidar esse princípio.

2º) Compreende-se então que o pensamento clássico, na tentativa de aclimatar o Falso, só podia produzir compromissos sem rigor: pretendia dar um conteúdo ao erro em nome da Aparência que este escondia. Por isso evitava o dilema do *Teeteto*, que é possível formular deste modo: *ou* o erro não existe, *ou* a Razão é falseada pela Aparência (ignora e sabe ao mesmo tempo). Os clássicos, estes, tentaram explicar por que o homem pode mentir de boa fé (o erro existe) sem que haja nele uma potência que o leve a mentir a si mesmo (a Aparência constitucional é inimaginável).

3º) É o homem de ciência que, como tal, está melhor preservado do erro, uma vez que deve forçosamente levar em conta a "incerteza objetiva". Já Aristóteles observava que não há sofisma no raciocínio matemático enquanto este permanece

[10] Kant, *Logik*, A-83.

conforme a seus princípios. A erística começa quando o discurso, pondo em jogo os "princípios comuns", produz "a aparência de aplicar-se à coisa em questão".[11]

4º) Qual é o estatuto do "erro" em Kant? Essa questão é ingênua se por "erro" se entende o conceito psicológico forjado pelo racionalismo para dar conta da possibilidade de ser iludido. Depois de Kant, a filosofia não tem mais necessidade de uma explicação psicológica do mecanismo de erro, mas de uma crítica da sofística natural em todos os seus níveis: "Para evitar erros, é preciso procurar descobrir e explicar a fonte deles, a aparência. Isso foi o que pouquíssimos filósofos fizeram. Eles procuraram somente refutar os erros, sem indicar a aparência da qual eles se originam."[12] Há uma falsidade no coração do conhecimento, que não é acidental, assim como há, no homem, uma duplicidade inconsciente. A má fé, a falsa consciência, a tolice substituirão assim, na antropologia do século XIX, as confusões ingênuas entre o 11 e 12, o pombo do mato e a pomba. Depois de Kant, o erro deixa de ser uma inabilidade para tornar-se um destino. Sabe-se o partido que Nietzsche irá tirar dessa metamorfose.

Tradução de Rubens Rodrigues Torres Filho

[11] Aristóteles, *Refutações Sofísticas*, 171b-c.
[12] Kant, *Logik*, IX, 56.

O PAPEL DO ESPAÇO NA ELABORAÇÃO DO PENSAMENTO KANTIANO[1]

O que pode o filósofo dizer de sério sobre o Espaço e o Tempo, que ele não vá tomar de empréstimo ao matemático, ao físico, ao esteta ou ao psicólogo? Não será grande coisa, é evidente. Não-especialista por profissão, o filósofo, se for honesto, padece de ter muito que aprender com os especialistas e poucas coisas a dizer-lhes, que eles já não saibam.

Será preciso, pois, ter saudade do tempo em que os filósofos eram ao mesmo tempo cientistas? Seria ingenuidade. Se hoje os cientistas não têm mais necessidade nenhuma dos filósofos nem, sobretudo, de se fazer filósofos, é na medida em que seus métodos estão em ordem, seus conceitos são universalmente admitidos e as querelas científicas rareiam. Que apareçam contradições (crise da teoria dos conjuntos, em matemática, no começo do século), que nasçam controvérsias (problema da hereditariedade do adquirido, em biologia), e bem depressa o cientista volta a tornar-se filósofo. Outro indício do mesmo fato nós encontramos no favor de que gozam as ciências humanas junto aos filósofos de hoje em dia: não será porque estas estão no mesmo estado de balbuciamento e de insegurança em que se encontravam o cálculo infinitesimal no século XVII e a mecânica no século XVIII? A filosofia é a polêmica das ciências quando estas estão pouco elaboradas o bastante para dar lugar a polêmicas: inseparável da juventude das ciências, afasta-se delas quando atingem a idade adulta, e pode-se dizer, penso, que o interesse filosófico oferecido por uma ciência mede com bastante exatidão seu inacabamento como ciência. Essa relação ambígua entre ciência e filosofia é

[1] Texto inédito.

coisa bem diferente de uma separação estanque, bem diferente dessa dissociação entre os dois saberes com a qual estamos agora acostumados.

Penso que é preciso reagir contra esse costume — e, se escolhi um assunto aparentemente técnico: "O papel da noção de Espaço na elaboração do pensamento de Kant", não foi com a intenção de dar uma aula de História da Filosofia, mas para mostrar, a partir de dois exemplos precisos, tirados de dois momentos diferentes do pensamento de Kant, que uma doutrina filosófica digna desse nome não se constrói jamais no nível da especulação tão somente. Os conceitos kantianos, por exemplo, são sempre o resultado de uma confrontação entre as noções científicas do seu tempo e a interpretação que se pode dar-lhes; conceitos "estratégicos", destinados a superar as contradições da atualidade e não a edificar um sistema filosófico a mais.

O exemplo de Kant é interessante por outro aspecto ainda, na medida em que se pode fazer remontar a Kant essa dissociação, de que acabamos de falar, entre filosofia e ciências. Imputando o dogmatismo da filosofia clássica a uma imitação do método matemático, imitação que considera ruinosa para a filosofia; opondo filosofia e matemática como dois modos inconciliáveis do saber racional, Kant anuncia, com toda certeza, entre filosofia e ciência da natureza, entre Razão e Entendimento, o divórcio que Hegel virá consagrar. E no entanto, se a filosofia transcendental não tem por objeto primeiro fundar a verdade da física e da matemática, mas sim permitir a constituição de uma metafísica como ciência digna desse nome, não é menos verdade que ela é também uma justificação da verdade das matemáticas e de sua aplicabilidade à natureza; e que a doutrina kantiana do espaço, por exemplo, longe de ser uma "opinião" filosófica entre outras, está na intersecção de problemas levantados pela ciência do seu tempo. Se separássemos Kant desse pano de fundo científico, não somente estaríamos traindo a verdade histórica, mas também nos expondo a ver na filosofia transcendental um monumento genial, mas gratuito e paradoxal. Gostaríamos de tentar mostrar que não é assim, buscando, por trás da letra de alguns textos clássicos de Kant, as polêmicas das quais eles adquirem sua significação das motivações que neles se entrecruzam.

* * *

Os historiadores da filosofia falam de um período "cético" de Kant que, de 1762 a 1770, precederia o advento da filosofia crítica, da qual a *Dissertação de 1770* seria anunciadora. Na realidade, é bastante artificial lançar a obra de 1770 na conta de tal ou tal "período", pois nela pode-se ver tanto o esboço do criticismo quanto o ápice do período dito "cético". De resto, o que se entende por "ceticismo"? Ceticismo a respeito da metafísica? Sim; mas em que sentido, exatamente?

Melhor seria falar, quanto a esse período, de um embaraço de Kant perante a metafísica, embaraço do qual não chegamos a esclarecer todas as razões. Os metafísicos, como Leibniz, legislam e "decidem" no absoluto a propósito do infinito, do contínuo, das substâncias — mas sem oferecer-nos garantia nenhuma de suas afirmações. Mais que isso: Kant, que é em primeiro lugar um cientista newtoniano, não reconhece, no mundo cuja economia a metafísica nos descreve, o sistema de pontos materiais governado pela lei da atração, que é o mundo de Newton. É deste ponto que se deve partir: há um momento em que Kant, após haver tentado em sua mocidade conciliar confusamente duas imagens do mundo (a de Leibniz, a de Newton), ousa reconhecer que toda tentativa de conciliação é vã e superficial e que se trata menos de conciliar que de compreender porque a conciliação é impossível. Eis aí o núcleo do "ceticismo" kantiano: "Não me atenho a nada, escreve ele em 1767 a Herder, e, com uma profunda indiferença por minhas próprias opiniões e pelas de outrem, inverto frequentemente todas as minhas construções e considero-as de todos os lados, buscando aquela que me permitirá ter esperança de atingir a verdade." A conciliação entre o mundo metafísico de Leibniz e as exigências das ciências exatas é impossível.

Um único exemplo. Segundo Leibniz, o espaço, que nos aparece como uma extensão divisível e mensurável, *em realidade* é meramente uma ordem intelectual, conjunto das relações instituídas por Deus entre as mônadas. "O espaço não é nada sem as coisas, senão a possibilidade de pô-las." Kant comenta, na *Dissertação de 1770*: "O espaço desapareceria inteiramente, pois, quando se suprimem as coisas, e só seria pensável nos atuais."

Ora, se assim é, o espaço euclidiano é um conceito oriundo da experiência perceptiva e os axiomas geométricos não passam de construções indutivas, de modo que é preciso dizer: "Jamais descobrimos até agora um espaço encerrado por duas retas", e não: "Duas retas não podem encerrar um espaço." Se Leibniz tem razão, a geometria euclidiana não é uma ciência universal e necessária, mas uma espécie de física intuitiva. Se Leibniz tem razão, as noções geométricas não são extraídas da verdadeira natureza do espaço, mas forjadas arbitrariamente — opinião contra a qual Kant se insurgia desde 1763. E, em 1768, no opúsculo *Primeiro Fundamento da Diferença das Regiões no Espaço*, pretendia fornecer aos geômetras um "fundamento convincente para poder afirmar com a evidência que lhes é costumeira a realidade de seu espaço absoluto." Linguagem que era ainda "pré-crítica", já que Kant admitia um espaço absoluto "independente da existência de toda matéria". Mas o importante não está aí: Kant, para defender o espaço absoluto de Newton e dos geômetras, vai doravante empreender uma crítica radical das teses leibnizianas sobre o espaço. A publicação, em 1765, dos *Nouveaux Essais* de Leibniz só fez engajá-lo ainda mais nessa via.

Para Leibniz, a extensão, quer dizer, o espaço contínuo dos geômetras, é um "fenômeno" (no sentido pejorativo de "aparência"). "Toda a continuidade é uma coisa *ideal*" — e o espaço quantitativo e mensurável não passa de uma imaginação *bem fundada* (uma vez que a distância espacial traduz uma relação qualitativa de ordem entre as substâncias), mas, enfim e sobretudo, *uma imaginação*. Por que Leibniz sustenta essa tese? Tal é a questão que Kant vai colocar-se. E é por colocar-se essa questão, por tentar desentranhar o pressuposto que torna sofística a tese de Leibniz, que Kant *critica* Leibniz, no verdadeiro sentido da palavra *criticar*. É essa reflexão crítica que muitos manuais estão traindo quando nos dizem: "Leibniz pensava que... Depois Kant pensou que..." — como se Kant tivesse contentado com opor à opinião leibniziana uma opinião kantiana: a doutrina kantiana do espaço nasce quando Kant se pergunta por que Leibniz não poderia ter razão e não porque Kant teria decidido que Leibniz estava errado. — Por que, então, a continuidade do espaço geométrico é, segundo Leibniz, algo de irreal?

Porque a própria ideia de contínuo é contraditória. Como determinar o contínuo? Por um número finito? Seria absurdo, pois chamamos *continuidade* a propriedade das grandezas de não ter nenhuma parte que seja a menor possível. Por um número infinito? Desta vez, é a própria noção que é absurda, como Leibniz provou diversas vezes: não há número infinito existente em ato como o total acabado de todas as unidades, como o último termo da série natural dos números. Assim, não sendo exprimível o contínuo nem por um número finito nem por um número infinito, bem se vê que se trata meramente de uma noção bastarda e contraditória. A ideia de contínuo desmorona e, com ela, a validade da geometria euclidiana como saber universal e necessário.

Entretanto, consideremos com atenção o segundo termo do dilema: *o infinito atual é uma noção absurda.* — Certamente, diz Kant. Mas não seria porque o entendemos como um *maximum* numérico, "uma quantidade tal que é impossível outra maior", o que é efetivamente absurdo e contradiz a própria noção de quantidade? Para dizê-lo de outro modo: se se decide de antemão que o infinito atual é uma multitude de unidades medida por um número infinito (entendido ele mesmo como o maior de todos os números), não é surpresa que se possa concluir pelo absurdo de tal conceito. — O mesmo não se dá, porém, se se entende por infinito atual um conjunto não mensurável, uma quantidade "que, quando reportada a uma unidade de medida, é maior que todo número." Ou então: "aquilo cuja relação à unidade é inexprimível por um número." Com esta nova definição, o infinito atual continua irrepresentável — mas é pelo menos *concebível.*

Os leibnizianos, assimilando de imediato "infinito" e "multitude *maximum*", cometem um sofisma. Mas por que o cometem? Porque se recusam a dar um sentido a uma noção como a de *totalidade infinita* — quer dizer, porque, de fato, julgam inconcebível, no absoluto, aquilo que é tão somente não-representável na intuição, contraditório de direito aquilo que é tão somente impossível de fato. Com relação às leis do conhecimento intuitivo, uma noção tal como a de "totalidade infinita" é contraditória Mas devemos concluir dessa contradição, para nós evidente, que há uma contradição lógica, no absoluto?

É certo que tudo o que implica uma contradição lógica é impossível; mas é falso sustentar que tudo aquilo que nos parece impossível implica forçosamente contradição. É falso decidir automaticamente que uma noção é absurda por não podermos construí-la nem representá-la na intuição. "Tudo o que é incompreensível não deixa de ser", já dizia Pascal. Assim, em lugar de rejeitar simplesmente como contraditório o conceito de "totalidade infinita", diremos tão somente, com maior prudência, que *nós homens* não podemos representar-nos uma multitude a não ser como uma quantidade e que, em vista disso, quando nos falam de um Todo infinito, nós traduzimos naturalmente por "uma quantidade maximal" — e denunciamos nisso um absurdo. Mas o absurdo está na tradução imprudente e inconsciente que fazemos dessa noção: não está na noção mesma. O absurdo está em acreditar que não pode haver multitude que não seja quantitativa, obtida pela adição sucessiva de unidade a unidade...

Detenhamo-nos nesta crítica, feita por Kant na *Dissertação de 1770*, à crítica leibniziana do infinito atual. Ela requer algumas observações.

1º) Kant nos diz, em suma: não devemos jamais pensar *a priori* que aquilo que parece contraditório a nossos olhos é contraditório em si; não devemos confundir o impossível para nós com o contraditório. Para melhor provar a contradição, arriscamo-nos então a escorregar para sofismas. E é bem isso o que ocorre aqui. A noção nos parece absurda em si porque nós a interpretamos espontaneamente como uma noção — quantitativa, sem perguntar-nos se temos o direito de pressupor um infinito atual quantitativo. Ora, se o número e a quantidade são tão somente regras de nosso conhecimento intuitivo, o metafísico não tem o direito de estabelecer uma comum medida entre o infinito — objeto fora de nosso alcance — e os objetos de nosso conhecimento intuitivo, quantitativo e finito. Não tem o direito de escrever, como escrevia Leibniz, que "a aritmética e a geometria de Deus é a mesma que a dos homens, exceto que a de Deus é infinitamente mais extensa" (Leibniz ao Landgrave, setembro de 1690).

2º) Desde 1770, esse tema da incomensurabilidade entre o finito e o infinito torna-se o tema, por excelência, destruidor da metafísica clássica. Se Leibniz tivesse razão, dissemos, o contínuo geométrico não passaria de uma ilusão e a geometria de um saber empírico. Mas, para que Leibniz tivesse razão, seria preciso que tivéssemos o direito de raciocinar sobre o infinito em termos quantitativos, quer dizer, em termos de conhecimento humano. Se se recusa este último pressuposto — e é esse o sentido da tese sobre a incomensurabilidade entre finito e infinito — então Leibniz está errado: pode-se conceber, se não representar, um Todo infinito; a continuidade não é uma noção insustentável e a geometria euclidiana readquire seu sentido de verdade, a despeito da metafísica.

(Observemos aqui que, ao explicitar a função dessa tese da incomensurabilidade, suscitada pela noção de espaço euclidiano, não pretendemos dar contada origem dessa ideia no pensamento de Kant. Isso é outra questão — que nos remeteria aos escritos geográficos e cosmológicos, em particular à *Teoria do Céu* de 1755, ensaio de aplicação dos princípios mecânicos de Newton à cosmologia. Ali Kant já insiste na ideia de que seria irrisório pretender medir a infinidade do mundo: "Não nos aproximamos mais da infinidade da potência criadora de Deus se encerramos o espaço em uma esfera descrita com o raio da Via Láctea ou se queremos limitá-lo no interior de um globo de uma polegada de diâmetro. Tudo aquilo que é finito, tudo aquilo que tem limites e uma relação determinada à unidade está *igualmente distanciado* do infinito... "É bom notar que a ideia segundo a qual não podemos "decidir" sobre o infinito, longe de ser, no século XVIII, uma ideia retrógrada e obscurantista, é uma máquina de guerra contra a metafísica, que acompanha o nascimento da cosmologia como ciência e que pode ser reencontrada em Buffon e nos enciclopedistas.)

3º) Kant não nos diz melancolicamente na *Dissertação de 1770* que nós estamos condenados a um modo de conhecimento intuitivo. Diz-nos, sobretudo, que pode haver outro modo de conhecimento, que não a intuição, outra maneira de encarar o infinito, que não a quantitativa — mas que essa possibilidade nos é recusada no nível da intuição. Não temos, pois, o direito de parecer compreender o infinito em termos que só são válidos para a esfera de nosso conhecimento humano. É o advento da ideia, retomada com mais clareza na obra crítica, de que a metafísica era um falso Saber absoluto. Se pretendia evadir-se das fronteiras de nosso conhecimento, era por desconhecer que todo e qualquer conhecimento humano, a começar pela própria metafísica, está essencialmente limitado à esfera do finito. Só que a metafísica o ignora tão bem que interpreta todos os nossos conceitos (o infinito, por exemplo) como se pudéssemos "decidir" sobre suas propriedades tão somente pelas forças de nossa razão. A crítica kantiana, pelo contrário, nos dirá: não sejam vítimas do caráter essencialmente intuitivo do conhecimento humano; guardem-se de afastar como contraditório em si aquilo que lhes parece impensável no nível da intuição. Nesse sentido, é tão falso fazer de Kant um "partidário da intuição" quanto de Marx um "economista" ou de Freud um "pansexualista": ele descobre e, muitas vezes, denuncia a intuição no coração de nosso conhecimento (descobre-a mesmo quando a denuncia como fonte de ilusões), assim como os outros descobrem o econômico e a sexualidade no coração de nossa condição, para desmascarar suas ciladas. — Falso, igualmente, opor Kant ao "racionalismo", já que um racionalismo como o de Leibniz é para ele o conhecimento humano quando se empolga a ponto de esquecer sua amarra intuitiva e de acreditar que pode decidir no absoluto quanto à verdade e à falsidade dos conceitos — enquanto, de fato, "decide" sempre em relação a seu sistema de referência.

4º) A recusa do axioma "tudo o que é impossível (para nós, na realidade) é contraditório" significa que não devemos julgar a verdade de uma noção pela possibilidade ou impossibilidade de construí-la na intuição — que não devemos afastar a noção de "Todo infinito" só porque, *para nós*, uma série como a dos números naturais não pode jamais ser acabada. Kant recusa bem menos o racionalismo que o *intuicionismo*, doutrina segundo a qual não se pode conferir validade ao objeto de um conceito a não ser quando se pode construí-lo por um número finito de operações. E nisto, aliás, ele se encontra com Pascal: "Não há geômetra que não creia o espaço divisível ao infinito. Não se pode sê-lo sem esse princípio mais que ser homem sem alma. E, não obstante, não há nenhum deles que *compreenda* (entenda-se: que possa efetuar) uma divisão infinita... Não é por nossa capacidade de conceber essas coisas que devemos julgar de sua verdade." Opor-se ao racionalismo clássico, cortar o saber humano do Absoluto, não é ser irracionalista. É, pelo contrário, preservar o fundamento da ciência — no caso, em Pascal como em Kant, da Geometria. Para melhor afirmar a verdade da Geometria e do contínuo geométrico, ambos recusam submeter a ciência à jurisdição da metafísica e mostram que o metafísico só tem, sobre o cientista, um único privilégio: o da falta de escrúpulos.

* * *

De que os conceitos kantianos tenham por objeto fundar a verdade dos conceitos da ciência moderna e liberar o geômetra ou o físico de todo complexo de inferioridade perante o metafísico, disso podemos encontrar outra prova em um momento ulterior do pensamento de Kant a elaboração da noção de *fenômeno.* Esta é às vezes apresentada como uma noção obscurantista, exposta sob a forma pérfida que é a seguinte: "Não podemos conhecer senão fenômenos e jamais atingir as coisas em si." Não digo que esta frase, tal e qual, seja falsa; no entanto, deforma completamente o pensamento kantiano. Para compreender isso, é preciso partir, desta vez, da reflexão sobre a física matemática — mais particularmente, de um texto dos *Primeiros Princípios Metafísicos da Ciência da Natureza*: Capítulo II, Observação 2 ao Teorema 4.

A matemática pressupõe a divisibilidade infinita ou continuidade do espaço. Como a matemática pode aplicar-se à matéria contida no espaço, é preciso, pois, que essa matéria, também ela, seja infinitamente divisível em partes das quais cada uma, por sua vez, é matéria. Ora, o metafísico nos objetará; "Se a matéria é infinitamente divisível, então ela se compõe de uma quantidade infinita de partes, atualmente dadas; recaímos assim no absurdo do infinito atual; é portanto impossível que a matéria, e também o espaço que a contém, sejam divisíveis ao infinito." Mas não podemos aceitar esta conclusão do metafísico. Por duas razões:

1º) "negar que o espaço seja divisível ao infinito é uma vã tentativa, pois raciocinações sutis nada podem contra a matemática";

2º) ainda que se admitisse a continuidade do espaço geométrico sem admitir a da matéria, a consequência seria igualmente grave: a possibilidade de uma física matemática seria ininteligível.

Vocês estão vendo, pois, que ainda aqui se trata de salvaguardar os fundamentos de uma ciência contra os argumentos do metafísico. Diremos então que a matéria se compõe efetivamente de uma quantidade infinita de partes atualmente dadas? Não: acabamos de ver que essas noções de quantidade infinita atual e de número infinito são absurdas. E não se trata de assumir os paradoxos que a metafísica denuncia na ciência, mas, pelo contrário, de mostrar que são falsos paradoxos. — A única saída consiste, portanto, em reexaminar a proposição do metafísico: "Se a matéria é infinitamente divisível, então ela deve compor-se de uma quantidade infinita de partes atualmente dada." O aparente rigor dessa proposição está ao abrigo de toda prova?

Formulemos a questão mais polemicamente: sob que condições essa proposição é falsa? Sob que condições pode-se sustentar a divibilidade infinita da matéria (indispensável para a física) sem conceber, absurdamente, a matéria como uma quantidade infinita atual (o que equivaleria à expressão "círculo quadrado")? Sob que condições teria eu o direito de dizer: "A matéria é infinitamente divisível, mas não se compõe realmente de uma quantidade infinita de partes"?

Aqui, mais uma vez, Kant fará entrar em jogo a lei da incomensurabilidade entre as noções puramente intuitivas e as noções puramente intelectuais. Dizíamos agora há pouco: é falso aplicar a um conceito puramente intelectual — o Todo infinito — a lei da intuição. Podemos dizer agora *em sentido inverso* (e esta expressão "em sentido inverso" mereceria um longo comentário, pois resume o deslizamento que se produziu entre a *Dissertação de 1770* e a obra crítica a partir de 1781): é injustificado raciocinar sobre a matéria que preenche o espaço como sobre uma substância metafísica. — Pois tudo o que vemos é que nossa divisão da matéria pode ir tão longe quanto a levemos e que ela não tem termo último; mas isso não nos autoriza, de nenhum modo, afinal, a afirmar que a matéria é uma *totalidade realmente infinita*, que se compõe realmente de um número infinito de partes: "É verdade que a divisão se estende ao infinito, mas nunca está dada como infinita; porque a divisão se estende ao infinito, *não se segue* que aquilo que é divisível contenha uma infinidade de partes em si e fora de nossa representação..."

Para dizê-lo de outro modo: a proposição do metafísico só tem rigor porque ele pressupõe (sem dizê-lo) que o espaço e a matéria são *coisas já dadas*, um conjunto de partes já enumeradas por Deus. Se a física matemática é possível (e sabemos que sim), se o metafísico está errado, é esse pressuposto que deve ser recusado, pois é nele que se infiltra o sofisma. Ora, recusar esse pressuposto consiste em sustentar que a matéria sensível não está dada antes que eu a conheça, que ela não contém partes antes que eu a divida. Numa palavra, que ela é *fenômeno*. E não *coisa* ou substância. Ora, afirmações que seriam absurdas no nível das substâncias deixam, justamente, de sê-lo, no nível das não-substâncias. Tal é o sentido da doutrina da fenomenalidade do espaço e da matéria: um meio de fundar a divisibilidade infinita evitando o paradoxo do infinito atual, subtraindo ao metafísico uma jurisdição usurpada sobre a física matemática. O Físico, como o Geômetra agora há pouco, sabe com certeza que a matéria é infinitamente divisível; Kant poderia ter dito parafraseando Pascal: "Não se pode ser físico sem esse princípio mais que ser homem sem alma".

O papel do filósofo não consiste, pois, em provar ao físico que ele tem razão, mas em colocar ao abrigo de todos os ataques possíveis da metafísica dogmática "um teorema doravante físico". "*Disso se segue*, dirá a *Crítica da Razão Pura*, que os fenômenos em geral não são nada fora de nossas representações." E Kant acrescenta: aqueles que não tivessem sido convencidos pela exposição mesma dessa doutrina do fenômeno o serão, talvez, por essa prova indireta. De nossa parte, pensamos que "a prova indireta" nos instrui melhor sobre a origem e a função da noção de *fenômeno* e nos faz compreender que o "idealismo" kantiano é bem menos uma teoria do conhecimento que uma estratégia antimetafísica.

* * *

Tomei deliberadamente esses dois momentos diferentes do pensamento kantiano porque eles mostram como dois conceitos, puramente filosóficos em aparência (o corte entre a intuição e o pensamento e o caráter fenomenal da matéria) são duas soluções (obtidas por um mecanismo análogo) para dois problemas que se colocavam a Kant. 1º) como salvaguardar a continuidade do espaço geométrico e, com isso, a geometria como ciência? — 2º) como salvaguardar a divisibilidade infinita da matéria e, com isso, a física matemática como ciência?

A solução desses dois problemas implicava, em dois níveis diferentes, a ruína da metafísica clássica, que Kant denomina "dogmática". Era preciso escolher entre, de um lado, a doutrina leibniziana do mundo substancial e, de outro, as concepções do espaço e da matéria impostos pela geometria e a física. É essa escolha que tem por nome "idealismo transcendental" e que, fazendo soçobrar no misticismo e no conto de fadas todo o passado filosófico de Platão até Leibniz, inaugura a filosofia moderna.

É curioso, para um leitor de Kant, ver o quanto esse movimento de pensamento exemplar, essa atenção minuciosa aos requisitos e às condições de possibilidade da ciência de Euclides e de Newton foram quase sempre ignorados e deformados — como o denunciador da metafísica foi por sua vez denunciado, superficialmente, como "metafísico idealista". Deve-se imputar esse fenômeno ao desconhecimento dos textos? Não. É mais grave. Deve-se ver nisso a revanche da metafísica contra a ciência e a filosofia atenta às suas exigências. Hegel começou por escarnecer o "escrúpulo crítico" de Kant — mas Hegel foi também aquele que demonstrava dialeticamente que não podem existir mais de sete planetas, no mesmo ano em que se descobria um oitavo. Com Hegel recomeça a pretensão metafísica de reger as ciências ou de fazer concorrência a elas; assim, comparando a precisão kantiana com o romantismo hegeliano, não há como impedir-se de experimentar aquilo que Vuillemin chama de sentimento "de um amargo saber de decadência". Kant abria uma outra via, mais modesta e mais difícil: refletir sobre os conceitos — como, aqui, o de espaço — para pô-los em acordo com a verdade das ciências de seu tempo.

Um último reparo. Ao expor muito parcialmente a função que desempenhou o espaço na elaboração da filosofia de Kant, não pretendi sustentar que se pode ainda hoje ser kantiano (por exemplo, após as geometrias não-euclidianas). Acredito, pelo contrário, que a melhor homenagem que possamos prestar aos pensadores clássicos é lê-los e compreendê-los, compreendendo ao mesmo tempo por que, hoje, não podemos mais ser nem aristotélicos nem cartesianos nem kantianos nem marxistas como teríamos sido na época em que esses autores viviam. Quis dizer, mais simplesmente, pautando-me pelo exemplo de Kant, que, desde Kant, a verdadeira filosofia zomba da metafísica. Não que eu entenda por "filosofia" um positivismo sumário: mas sim a crítica, constantemente retomada, de toda metafísica (incluindo, aliás, o positivismo), o questionamento dos dogmas e das falsas evidências em nome dos quais preferimos suspeitar dos resultados científicos e não de nossos preconceitos. Kant tinha razão ao protestar contra aqueles que o chamavam sumariamente de "idealista"; não somente porque essa denominação implica um contrassenso ("O idealismo consiste em sustentar que não há outros seres além dos seres pensantes... Pode-se chamar minha doutrina de idealista? É justamente o contrário."); mas sobretudo porque esse contrassenso é revelador de uma incompreensão ainda mais profunda de suas intenções, que ele resume, nos *Prolegômenos*, do seguinte modo: "proteger o geômetra (e o físico) contra todas as chicanas de uma rasa metafísica, no que diz respeito à realidade objetiva indiscutível de suas proposições, por mais estranhas que essas proposições possam parecer a uma tal metafísica, porque ela não remonta até as fontes dos próprios conceitos." Pode-se perguntar se hoje não estamos vendo ressurgir esse conflito entre a metafísica e as ciências, não mais a propósito do espaço e da matéria — mas, por exemplo, a propósito da utilização das matemáticas nas ciências humanas, que os filósofos desprezam em nome da "liberdade do homem". Ora, o grande mérito de Kant é mostrar-nos que há uma maneira que não é nem cientificista nem positivista de defender as certezas da ciência contra as objeções das ideologias e de ajustar ao nível da razão as noções científicas novas, "por mais estranhas que possam parecer à metafísica".

Tradução de Rubens Rodrigues Torres Filho

O APROFUNDAMENTO DA DISSERTAÇÃO DE 1770 NA CRÍTICA DA RAZÃO PURA[1]

Em que medida a *Dissertação de 1770* abre caminho à Crítica?

Em que proporção deve-se situá-la ainda sobre a vertente "pré-crítica"?

O certo é que esta divisão dá origem a muitas dificuldades. Apesar de onze anos separarem as duas obras, a maioria dos intérpretes concorda em conhecer que a *Dissertação*, em alguns pontos, vai mais além do que simplesmente anunciar a *Crítica*: os elementos das duas primeiras Antinomias já se acham expostos aí, a doutrina do caráter ideal do tempo e do espaço já é algo adquirido... É verdade que, em 1770, ainda não se trata da condição de possibilidade de um conhecimento "*a priori*" (a expressão "*a priori*" não é sequer pronunciada), mas a impressão geral de que se requer muito pouco para que o autor da *Dissertação* se torne aquele da *Crítica*, não é menor. Mas, o que significa este muito pouco? Antes de tudo, refere-se ao estágio dos "números" ou "inteligibilia" que, em 1770, Kant ainda se obstina a tratar como objetos do saber e aos quais dá um lugar positivo do outro lado da grande linha divisória traçada, doravante, por cima do "conhecimento sensível". Se fosse isto, Kant teria empregado, portanto, onze anos para decidir que "noumenorum sciencia non datur", e que o único conhecimento intelectual válido é aquele que se exerce nos limites da intuição sensível, sobre o terreno da possibilidade da experiência. Onze anos para abjurar a metafísica

[1] Estudos sobre Kant — Cadernos da UnB, Brasília, 1980.

especial. Onze anos para atravessar este rubicão: seria, contudo, por demais longo. Por acaso, será certo que Kant nunca atravessou o Rubicão no ponto onde uma tradição positivista ou idealista marcou sua passagem? Gostaria de tentar mostrar, confrontando alguns textos, que Kant foi conduzido, da *Dissertação* à *Crítica*, a modificar, sem dúvida, a relação do sensível e do inteligível; esta evolução, porém, não é aquela de um metafísico renegado, como se poderia crer, que se converteria, camufladamente, em um positivismo qualquer *avant la lettre*; esta ruptura com o espírito ainda "metafísico" (no sentido tradicional) da *Dissertação* consiste mais em um aprofundamento do que em uma ruptura.

Em 1770, como se sabe, Kant proclama, com alarde, contra Leibniz e Wolff, a originalidade e autonomia do conhecimento intuitivo. Mas por que, precisamente ele, convida o metafísico a levar, cuidadosamente, em conta, a diferença "toto genere" entre os princípios do mundo sensível e os do mundo inteligível? É que o desconhecimento desta distinção foi, pelo que se pode crer, a fonte principal dos desvios da metafísica. Por não se ter visto na "sensitiva cognitio" senão um saber ainda desordenado e confuso das coisas, o qual seria reservado ao "intellectus" manifestar em toda pureza, os metafísicos não se deram ao trabalho de indagar que influência disfarçada poderia exercer sobre seus juízos o fato de pertencerem ao mundo sensível.

Vítimas deste intelectualismo ingênuo, não perceberam que muitas vezes e quase sempre falavam como filhos da terra, quando, então, eles próprios julgavam estar pousados sobre a "ratio" divina. Sem perceber, tomam "os limites que circunscrevem o espírito humano por aqueles que limitam a essência mesma das coisas"[2], de tal modo que muitas proposições metafísicas são, o mais das vezes, *juízos precipitados*. Crê-se decidir sobre o ser, mas como considera o espaço e o tempo "como condições dadas em si e primitivas"[3], esta decisão é tomada em função de nossos hábitos intuitivos. Acha-se impossível o contínuo ou o infinito atual "porque a representação destes é impossível segundo as regras do conhecimento intuitivo" e que "irrepresentável

[2] Diss. & I. Ak — Ausg. II, 399/tr. Mouy. p. 23.

[3] Ibid., & 2. II, 391/tr. p. 27.

e impossível significam usualmente a mesma coisa"[4]. A *Dissertação*, em compensação, não se cansa de nos recordar que um conceito que não é realizável intuitivamente não é, por isso mesmo, contraditório em si e pode conservar um sentido de ordem intelectual.

Esta convicção está expressa, o melhor que é possível, na crítica que Kant dirige aos detratores do infinito atual (quer dizer, aos futuros partidários da Tese da 1ª Antinomia). Que sustentam eles, estes neoaristotélicos? Que não há quantidade senão finita (omnis multitudo actualis est dabilis numero)[5]. É inegável, responde Kant, para nós, toda quantidade é produzida por interação, sucessivamente, de tal modo que uma quantidade atual é necessariamente uma quantidade que pode ser percorrida em um tempo finito e não saberíamos *compreender distintamente* uma "multitudo" que fosse, ao mesmo tempo, atual e infinita. Ao invés, porém, de concluir que o infinito atual não é representável sob a forma de um todo obtido em série, os finistas transpõem para as coisas *em geral* uma impossibilidade que não é, entretanto, relativa senão à lei de nossa sensibilidade — e decretam, assim, que o infinito atual é impossível *em absoluto*. Tal é o sofisma típico que cometemos sob a "sugestão do sensível": negamos toda validade a um conceito sem considerar que não fizemos senão julgá-lo à base de sua *tradução sensível*. Recusamos o infinito atual porque, como observava Espinosa, traduzimo-lo, espontaneamente, como uma "*multitudo máxima*" que deveria medir "o maior de todos os números" (noção seguramente absurda) e nem sequer nos ocorre a conjectura de que um entendimento dotado de intuição intelectual e não sensível, talvez fosse capaz de "compreender distintamente, de um só golpe, uma *multitudo* sem a aplicação sucessiva de medida"[6].

Infinito e totalidade são pensados, portanto, como noções em si inconciliáveis... É em nome deste postulado aventureiro que

[4] Ibid., & I. II, 388/tr. p. 21.

[5] "Como toda quantidade e qualquer série não é conhecida distintamente, a não ser por coordenação sucessiva, o conceito intelectual de quantidade e de multidão surge somente com a ajuda deste conceito de tempo e nunca chega à completeza a não ser que a síntese possa ser acabada em tempo finito", (& 28 II, 415) cf. & I, nota II, 388.

[6] Ibid., & I. II, 388.

"a maior parte" dos metafísicos proclama a finitude do mundo no espaço e no tempo, porque a finitude, em consequência, permanecerá a única representação razoável do mundo *como totalidade*. Ora, diz Kant, esta conclusão revela, novamente, uma ignorância total da diferença entre o sensível e o inteligível. De onde surge, com efeito, esta prescrição que nos leva a estabelecer o mundo *como totalidade*. Certamente, não do conhecimento sensível. No sensível não fazemos senão acrescentar indefinidamente unidade à unidade — e as únicas "totalidades" que podemos constituir são obtidas *arbitrariamente* pela interrupção desta progressão. Não é, pois, a prática do sensível que impõe esta noção de totalidade completa (ολον) que fascina Aristóteles: no sensível, não fazemos senão a aprendizagem do απειρον, no sentido aristotélico, aquilo fora do qual há sempre indefinidamente alguma coisa...[7].

A noção de completude não pode ser, portanto, senão um ideal puramente racional, um "rationis quoddam problema". Os metafísicos, porém, pouco cuidadosos em consignar as noções às suas origens, não hesitam e é, pois, no *sensível* que colocam o universo como finito, quanto à massa e à sua história. No sensível: quer dizer, lá onde exatamente não têm o direito. Se se comportassem, verdadeiramente, como metafísicos, no sentido literal do termo, atribuiriam a finitude somente ao mundo composto de substâncias simples, isto é, a um "mundo intelectual" completamente diferente do mundo sensível. Somente neste domínio é que a sua representação do mundo finito seria válida... O eco desta tese encontrar-se-á em todos os textos ulteriores onde Kant entende defender Leibniz contra seus discípulos e desculpá-lo (a custo de muita ginástica) do pecado do "dogmatismo". "Como acreditar que um matemático tão grande tenha querido formar os corpos de mônadas e o espaço de partes simples? Ele não pensava no mundo dos corpos, mas em seu substrato, para nós incompreensível, o mundo inteligível que está apenas na ideia da razão..."[8]. A leitura de Leibniz, seguramente, não

[7] Sobre a impossibilidade de fazer aparecer o conceito do todo "segundo as leis do conhecimento intuitivo", cf. & I, II 338.

[8] Eberhard. VIII, 248/tr. Kempt. p. 105. — É bastante picante ver que Fichte apoia-se nesta hermenêutica cavalheira quando aplica a Kant o mesmo procedimento de

valeria uma hora de esforço, se não tivesse tido em mente esta distinção fundamental entre os *dois mundos* — ou antes, entre o *mundo* intelectual e o universo *físico*[9]. Por falta desta distinção, os metafísicos comportaram-se sempre como físicos abusivos.

À primeira vista, poderia parecer que esta condenação da metafísica "tal como reinou até aqui" prefigura a Dialética Transcendental. Confrontando, porém, os textos de 1770 que acabo de resumir, de mais perto, com a Dialética Transcendental e especialmente com a 1ª Antinomia, experimentam-se algumas surpresas.

Em primeiro lugar, em 1781, Kant não denuncia mais uma inconsequência que os metafísicos teriam cometido por terem permanecido, sem perceber, sob a fascinação do sensível. Na raiz das Antinomias, mais do que uma irreflexão, há uma *ilusão inevitável* inscrita na natureza do espírito humano.

Em segundo lugar, esta ilusão não era devida (como o erro observado na *Dissertação*) a uma distorção despercebida que a sensibilidade imporia às "leis do entendimento puro". É sintomático, por exemplo, que Kant, ao comentar a Tese da 1ª Antinomia, tome cuidado em fazer observar que esta não contém, de modo algum, o sofisma que denunciava a *Dissertação*: os que rejeitam o infinito matemático não se fatigam muito... eles chamam a multitude infinita de número infinito, noção que dizem ser absurda, o que é muito claro, mas combate-se aí somente com as sombras do espírito...[10]. A tese da 1ª Antinomia evita proceder tão cavalheirescamente. Ela sustenta que por falta de admitir um começo ou um limite do mundo, deve-se introduzir a ideia contraditória de um todo que não pode ser acabado senão por uma síntese sucessiva. Observação pertinente, se o finitista não se cresse, por consequência, autorizado a dizer *mais do que sabe*,

interpretação: quando não se pode chegar a uma explicação coerente *segundo a letra*, torna-se obrigado a explicar *conforme o espírito*... O próprio Kant dá um exemplo notavelmente convincente da interpretação conforme o espírito em uma interpretação de Leibniz cujas teses todas se apoiam sobre a seguinte premissa: "pode-se crer que Leibniz tenha querido dizer isto ou aquilo?" (*IIº Int. a La Doutrine de la Science*, tr. philomenkoz. p. 285. *fin*).

[9] Sobre esta disjunção do *mundo e universo*, cf. & 28. II, 416/tr. p. 81.

[10] Diss. & I, nota, II, 338.

isto é, exatamente que o mundo *tem* um começo e um limite. Em todo caso, observemos que, se a tese é falsa, não é em razão da sugestão "estética" que viciava o argumento finitista tal como o expunha a *Dissertação*.

Em terceiro lugar, Kant abandona — pelo menos no nível das Antinomias matemáticas — a solução de compromisso que propunha em 1770: o finitista teria razão com respeito ao mundo inteligível, o infinitista no universo sensível[11]. Kant observa até que os partidários da Tese não têm, absolutamente, o direito de subtrair-se aos absurdos decorrentes da noção de um tempo vazio que seria anterior ao mundo e de um espaço vazio que o conteria, pretender estar falando de um "principium" incondicionado do mundo e não de um começo referente à existência ou de um limite dado pela experiência. Este subterfúgio (exatamente aquele que lhes oferecia a *Dissertação*) não adiantaria nada — e os partidários da Antítese objetam, com razão, que a cosmologia se refere ao conjunto dos fenômenos e não a "não sei que mundo inteligível"[12]. Em síntese, não se trata mais de convidar os finitistas a limitar suas argumentações ao mundo monadológico.

Parece claro, portanto, que seja agora uma outra sub-repção e até uma sub-repção de sentido inverso que torna a cosmologia falaciosa.

Não é mais a influência disfarçada da sensibilidade que nos leva a deformar as noções inteligíveis: é, ao contrário, a exigência intelectual que nos desorienta. Doravante o maior pecado do entendimento humano é crer que suas asserções têm sentido para os fenômenos, quando, na realidade, não têm (ou melhor, não teriam) a não ser para as "coisas em geral". Referia-me, há pouco, aos textos em que Kant tenta desculpar Leibniz, afirmando que

[11] Kant, é verdade, não afirma a infinidade do "universo", mas atribui somente à "sugestão do sensível" a afirmação (ilegítima) de sua infinidade. Mesmo na *Teoria do céu* as considerações sobre a infinidade da força criadora de Deus não são desprovidas de ambiguidade: é uma questão "que tem ainda necessidade de explicação", diz ele então, saber como a infinidade de Deus se relaciona às infinidades que dele derivam (I, 310). Como observa Werner Gent (Ph. des Raumes und der Zeit) (II, p. 14), parece que Kant sustenta antes a ilimitação (Grenzenlosigkeit) do universo fenomenal, que seria como o reflexo da essência divina.

[12] KRV. AK. Ausg. B-461/tr. TP. p. 343.

"este grande homem" não podia, na *Monadologia*, certamente falar do mundo sensível. Há, porém, outra série de textos, provavelmente mais sinceros, onde Kant repreende Leibniz, vivamente, por não ter visto que o conhecimento sensível é "um modo de conhecimento radicalmente diverso de todo conceito" — e, por esta razão, ter decidido sobre as coisas em geral à vista de seu simples conceito, *como se suas teses* conservassem seu valor em relação aos fenômenos. Ora, este é, na verdade, o pior desvio dos metafísicos: tratar os *objetos sensíveis como coisas*. "Embora pudéssemos dizer, sinteticamente, alguma coisa das coisas em si pelo entendimento puro (o que é impossível), isto não se poderia aplicar de nenhum modo aos fenômenos, que não representam *coisas em si* ("Auf Erscheinungen, Welche nicht Dinge an sich selbst vorstellen")[13].

Ora, é esta confusão, "natural" ao espírito humano, que vai produzir as Antinomias. Começamos por obedecer a uma prescrição "lógica", em si inatacável: "Quando o condicionado é dado, a série inteira das condições é dada também"[14]. Como esta injunção não comporta nenhuma referência ao tempo, nada nos impede, seguramente, de *pensar* o conjunto das condições como sendo dado. A desgraça é que continuamos a aplicar, imperturbavelmente, esta prescrição quando se trata deste "conjunto" muito específico que é (ou que seria) o de todos os objetos dos sentidos, "sem preocupar-nos se a estipulação do incondicionado, no fenômeno, conserva um sentido"... Esta análise, que Kant coloca no limiar das Antinomias, mostra por si só que o "dogmatismo" sobre o qual a crítica lança a responsabilidade não é mais, em absoluto, a opinião preconcebida sobre o que a *Dissertação* chamava a atenção ininterruptamente. Dogmatiza-se, em 1770, porque crê-se falar das coisas em absoluto, ao passo que nosso discurso só tem sentido sob o horizonte do sensível. Em 1781, é a crença superficial, segundo a qual podemos falar à vontade das coisas em geral, que nos leva a decidir, sem pensar, sobre o *sensível*. Em 1770, o metafísico era descrito, sobretudo, como um sujeito estético, sem o saber,

[13] Ibid., B-334/tr. p. 241.
[14] Ibid., B-437/tr. p. 329.

que em consequência disso, tinha sempre discorrido, a torto e a direito, sobre os objetos inteligíveis. Em 1781, o metafísico tornou-se um *lógico* impenitente que desconhece a especificidade ontológica dos fenômenos.

Operou-se um deslizamento, portanto, do qual não é fácil se aperceber. À primeira vista, seguramente, a explicação poderia parecer fácil. Poder-se-ia, simplesmente, dizer que durante 9 anos de preparação da *Crítica*, Kant perdeu toda ilusão com respeito ao "mundo encantado" dos metafísicos e que reconheceu, enfim, claramente, que não há conhecimento racional (*a priori*) senão dos fenômenos... Esta resposta, sem dúvida, não é falsa. Fornece-nos ela, contudo, a dimensão da mudança que se efetuou? Trata-se de que Kant tenha abandonado o conhecimento do suprassensível? Não nos esqueçamos que as ideias cosmológicas não são transcendentes, isto é, não se referem aos númenos, mas somente ao conjunto dos fenômenos[15]. A pretensão da razão, na ocorrência, não é, portanto, de maneira alguma, forjar um objeto além do mundo sensível, mas simplesmente "estimular a síntese até a um grau que supere toda experiência possível"[16]. Kant, em 1781, pôde, portanto, apagar do mapa do saber o mundo substancial frito (que a *Dissertação* abrigava ainda no inteligível). Nesta decisão, porém, não poderia explicar a Antinomia cosmológica, que é devida a uma ilusão relativa ao *mundo sensível*... Com certeza, a situação seria mais simples se Kant tivesse abolido o mundo monadológico, colocando, ao mesmo tempo, o universo sensível como infinito, Schopenhauer teria querido que assim fosse. Eles nos assegura, até mesmo, que isso é, justamente, o "impensado" de Kant. Segundo ele, é unicamente a tese finitista que "põe a hipótese errônea de um todo cósmico existindo em si" — e ela, e unicamente ela, é falaciosa. Kant estava cego ou de má fé ao ser levado a distinguir sua própria posição daquela da Antítese:

[15] "Ainda que (as ideias) não ultrapassam o objeto, quer dizer, o fenômeno *quanto à espécie*, mas que se relacionem simplesmente com o mundo *sensível* (não com os númenos), elas impulsionam, contudo, a síntese até um grau que supera toda experiência possível, de sorte que se pode chamá-las todas muito exatamente, a meu ver, *conceitos de mundo* (Weltbegriffe)" (B-44/tr. p. 334).

[16] B-44/tr. p. 334.

na realidade, quando resolveu as Antínomias matemáticas não fez senão "confirmar as Antíteses, determinando melhor a exposição[17]...

Ora, como para prevenir esta leitura, Kant pede-nos para notar que a refutação crítica da finitude do mundo é "conduzida de maneira bem diferente da prova dogmática da antítese", que "apresentava o mundo sensível como uma coisa dada em si, em sua totalidade"[18]... e, em consequência, conduzia a colocar a infinidade real do mundo (o que não desagrada a Schopenhaeur). Se Kant mantém distância no que respeita à Antítese não é nem para agradar, nem por leviandade, mas por uma razão que julga fundamental: quando a Antítese afirma que há regressão *in infinitum* na série dos estados do mundo, ele conclui da grandeza do mundo àquela da regressão, como se aquela fosse alguma coisa de independente desta. Em vez de limitar-se a afirmar que a regressão *não encontra limites* que não possa superar, ela lhe dá a *percorrer uma grandeza sem limites*. Isto equivale a dizer que supõe ser o mundo sensível uma *coisa dada* que a regressão iria repetir ou *decalcar*. Ou ainda, que a Antítese, tanto quanto a Tese, cede à ilusão "que nasce do fato de que se aplicou a ideia da totalidade absoluta, que não tem valor senão enquanto condição das coisas em si, aos fenômenos; estes existem somente na representação, quando formam uma série, na regressão sucessiva — não poderiam existir de outra maneira (sonst aber gar wicht existieren)"[19]. Eis porque os adversários chegam a um acordo, pelo menos, sobre esta estranha expressão: "*O conjunto dos fenômenos*"... De que "conjunto" se trataria, uma vez que se decide reger-se só pela síntese sucessiva? E para que se interrogar sobre um "ser" que não seria *dado antes* de nossa operação? Nestas condições, importa pouco que a Antítese se abstenha de qualquer referência sub-reptícia a "não sei que mundo inteligível". O importante é que fala, também ela, do fenômeno, supondo-o desligado do conhecimento que dele adquiro. O importante é que ela visa o fenômeno *sob o modo do em si*.

[17] Schopenhauer. *Mundo como vontade*. p. 627 (tr. PUF).

[18] B-549/tr. p. 388.

[19] B-534/tr. p. 381.

A esta altura, compreende-se melhor que não basta, de maneira alguma, para dizer-se kantiano, confinar o conhecimento racional nos limites da objetividade sensível. É preciso, antes de mais nada, estipular qual é a *realidade* que atribuo a estes "sensibilia" — e isto, tanto mais, que a linguagem, infalivelmente, nos induz em erro.

Quando digo: "encontram-se no espaço estrelas que são cem vezes mais distantes que as vejo"[20], subentendo, naturalmente, que estes objetos precedem a progressão empírica que me conduzirá até eles. Estabeleço-os, naturalmente, como *coisas* e lhes confiro uma *realidade transcendental*... É inevitável que todo discurso sobre o sensível, fique tão "dogmático" como a Monadologia de Leibniz. Porque platonizar não é apenas arrogar-se o direito de evocar um outro mundo. Não se escapa a Platão tão facilmente — e permanece-se platônico sempre que se desconhece (por falta de uma investigação transcendental) que há *dois pontos de vista possíveis* sobre aquilo que se designa de "objeto": um do *em si e outro do fenômeno*[21]. É este desconhecimento que nos leva a aplicar nossos conceitos às "coisas em geral e em si", quer dizer, a fazer deles um uso transcendental (e, subsidiariamente, transcendente). Na origem do desvio "dogmático" há, antes de tudo, esta incapacidade de considerar as coisas sob estes dois pontos de vista — esta *insensibilidade* à diferença de contextura entre fenômenos e coisas. Seria melhor, talvez, aqui, dizer simplesmente *coisas* do que *coisas em si*, tanto a noção tradicional de *coisa em si* (tal, por exemplo, como Fichte a criticará) parece estar ligada a uma determinação positiva: aquilo que no objeto é *a mais* do que o fenômeno — ou ainda: aquilo que se deve

[20] B-524/tr. p. 375.

[21] "...este exame não é factível senão com conceitos e princípios que admitimos *a priori*, contanto que os encare de maneira que estes mesmos objetos possam ser considerados de *uma parte* como objetos dos sentidos e do entendimento para a experiência, de *outra parte* como objetos que só são pensados para a razão isolada e que se esforçam por transpor o limite da experiência — quer dizer que sejam considerados sob dois aspectos diferentes. Se acontece que se consideram as coisas sob este duplo ponto de vista, chega-se a um acordo com o princípio da razão pura e que a consideração sob um só ponto de vista dá origem a um inevitável conflito da razão consigo mesma, então a experiência decide pela exatidão desta distinção". (KRV. Vorrede zur 2º Auflage, p. XVIII/tr. p. 19.)

necessariamente admitir como causa produtora do fenômeno. É inegável que a *Crítica*, às vezes, torna bastante difícil a distinção entre este fundo do *fenômeno* — que escandalizará a interpretação idealista — e a simples recordação metodológica que o objeto (para nós) não é visado tal qual é em si. "A coisa em si = X, escreverá mais tarde Kant, não significa outra coisa que um outro ponto de vista (negativo) sob o qual o objeto é considerado: é o princípio da idealidade dos objetos sensíveis como fenômenos" — e ainda: "o em si é a designação de um objeto = X na medida em que o objeto sensível é somente fenômeno"[22].

Qual é, por conseguinte, a lição das Antinomias? Pode ser resumida na ordem formal seguinte: *não confundais o campo ontológico* e tomai cuidado em falar dos fenômenos, dando--lhes o estatuto de coisas. É esta anfibologia, despercebida nos enunciados cotidianos, que dará lugar ao conflito da razão consigo mesma, quando vierdes a evocar "o conjunto dos fenômenos". Ora, a advertência de 1770 era diferente: tomai cuidado, antes de decidir sobre as coisas em geral, em vos assegurar que vossa asserção não esteja contaminada pela "sensitiva cognitio" e para não generalizardes, por irreflexão, as condições próprias da intuição sensível.

Entre estas duas injunções, o afastamento é notável. Não é devido, porém, à simples supressão do conhecimento do "mundo inteligível" como, se em 1770, Kant nos tivesse dado um direito de olhar sobre "as coisas" para, em seguida, no-lo recusar. Como se a *Crítica* tivesse consistido unicamente em fechar a cortina sobre tesouros num instante vislumbrados. É verdade que na *Crítica* a distinção entre mundo sensível e "mundo de entendimento" perde o valor positivo que guardava em 1770, uma vez que não se pode perceber a possibilidade de objetos inteligíveis que seriam somente dados "coram intuitu intellectuali"[23]. Isto não significa que Kant não teria feito nada mais do que interditar a *acesso* do *território* numênico ao entendimento humano e renunciar ao "conhecimento simbólico" dos inteligíveis que concedia na

[22] Estes textos do "Opus postumum" são citados por M. Bernard Rousset no seu belo livro: *A doutrina Kantiana da objetividade*, (vrin), pp. 169-173.

[23] B-310-311/tr. p. 229.

Dissertação. A mudança, é preciso compreender, é de outra envergadura. "Quando falamos dos fenômenos, diz Kant na *Crítica*, já temos na ideia... opor-lhe, por assim dizer, como objetos simplesmente pensados pelo entendimento e designando a estes seres-da-entendimento (números) *ou* exatamente estes *mesmos objetos* (os fenômenos) segundo sua natureza (Beschaffenheit), mesmo se não os intuimos sob este ponto de vista, *ou*, *então*, mesmo outras coisas possíveis que não são de modo algum objetos de nossos sentidos"[24]. Ora, a *Dissertação*, observando bem, não menciona senão a segunda classe de inteligíveis, quer dizer, os *não objetos sensíveis*, e nunca a primeira, isto é, os objetos na medida em que podem ser também visados (senão, é claro, intuídos e conhecidos) como não sensíveis. Dito de outra forma, a *Dissertação* coloca-nos diante de duas classes de objetos, mas não do desdobramento fenômeno-coisa em si. Para ela, há "números" (de difícil acesso, todavia) e, ao lado deles, ou abaixo deles, *há* os fenômenos que são "imagens" e não ideias das coisas (*rerum species, nun ideae*) e não exprimem a qualidade interna e absoluta dos "objetos"[25]. Repartição topográfica, divisão de dois territórios que é destinada a prevenir os equívocos. Nada indica ainda, contudo, que os fenômenos sejam determinados essencialmente a partir desta ocultação da "ideia de coisa". Kant não relaciona o fenômeno à objetividade = X *que não se anuncia nele* (e da qual ele depende): está somente preocupado em localizar o sensível com relação ao inteligível.

A *Crítica* vai muito além desta simples faceta de localização que ela mantém, aliás, com o nome de "reflexão transcendental". Com ela, fenômeno e coisa em si (tal como número) tornam-se *duas vertentes* do objeto — e o fenômeno, na medida em que é aquilo que se manifesta, deve-se compreender integralmente como a subtração do objeto tomado como número. Desta maneira, ele adquire uma especificidade ontológica e não mais apenas regional,

[24] B-306/tr. p. 224. Sobre esta identidade do fenômeno e da coisa em si, cf. reflexão 6355: "Supondo que possamos perceber as coisas em si, nelas mesmas, tais proposições (sintéticas *a priori*) não teriam nem necessidade, nem universalidade. Mas se *elas* são simplesmente fenômenos, podemos saber *a priori* como devem nos aparecer" (citado por Ginette Dreyfus em *A refutação Kantiana do idealismo*. Revue philisophique).

[25] Diss. & II. II, 397.

que era apenas entrevista na passagem da frase da *Dissertação* que foi citada logo acima A *Dissertação*, é verdade, reconhecia que o espaço diz respeito "subjecti potius leges sensitivas quam ipsorum objectorum conditiones"[26], mas não chegava a analisar esta objetividade inédita, feita sob medida das "leges sensitivas". Ela não caracterizava o fenômeno, projetando-o de modo permanente sobre o fundo do em si. Eis porque, se não se presta atenção senão aos traços ainda "metafísicos" (no sentido corrente da palavra) da *Dissertação*, ao fato, por exemplo, que o autor se arroga o direito de teorizar sobre a causa suprema do mundo, sobre a relação das substâncias etc..., corre-se o risco de deixar escapar o essencial da contribuição da *Crítica*, pois, tentar-se-á, nesse caso, colocar o acento unilateralmente sobre o rigorismo limitador desta, e a interditação solene que lança sobre todo o conhecimento do suprassensível. Corre-se o risco de reduzi-la a uma limitação, no final das contas, bastante banal, ao conhecimento sensível. De modo nenhum quero insinuar com isso que não seja importante que o bom uso de nosso entendimento não seja senão empírico e que não haja conhecimento puro legítimo senão aquele que não se desliga dos fenômenos. Quero dizer que, restringindo a *Crítica* ao enunciado desta tese famosa, perder-se-ia de vista a complexidade da atitude crítica a respeito do "inteligível". Porque mesmo transformando os "númenos" em conceitos puramente "problemáticos", o autor da *Crítica* não deixa de sublinhar como sua evocação permanece indispensável e inevitável para situar o modo de intuição que é o nosso e "limitar nossa sensibilidade pelo fato de chamar 'númenos' as coisas em si (quando não as considera como fenômenos)"[27]. Pelo menos, tanto como a *Dissertação*, a *Crítica* não nos deixa jamais esquecer que não é a sensibilidade que limita o entendimento, e que importa "restringir o uso simplesmente empírico do entendimento, de tal sorte que ele não decida da possibilidade das coisas em geral e não vá considerar o inteligível como impossível..."[28]. A fidelidade que Kant guarda, neste ponto, à *Dissertação* deveria, por si só,

[26] Diss. & 16. II, 407.
[27] B-312/tr. p. 229.
[28] B-590/tr. p. 410.

despertar nossa desconfiança em relação a toda interpretação que reduzisse sua "evolução" a uma decisão de limitar a área do saber a esta "sensitiva cognitio" que, em 1770, era dada, antes de tudo, como perturbadora e interceptora do discurso sobre as coisas. De resto, esta limitação não estava longe de ser adquirida em 1770 (e mesmo depois dos *Träume eines geistersehers*). Para decretar que o "inteligível" é incognoscível, não era preciso onze anos. Mais importante foi o trabalho efetuado sobre a noção de fenômeno. Ter estabelecido que os "sensibilia" não são absolutamente "coisas" que se veriam como através de uma nuvem não era tudo. Faltava ainda determinar qual era a sua especificidade. O que são esses "objetos" paradoxais, somente justificáveis pela lei de nossa subjetividade? Seres, sem dúvida, mas que não existem senão na representação. Nem aparências, nem sonhos, nem representação, com certeza, mas sem que se deva, igualmente, conferir-lhes o estatutos de "res", tal como Deus os criou... Ora, a *Dissertação* não permita adivinhar este paradoxo que irradia através da *Crítica* inteira. A disjunção que ela instituía entre duas regiões não anunciava a colocação em perspectiva do fenômeno sobre o em si. Também não se poderia dizer que a *Crítica* acabe por escolher o sensível contra o inteligível. O inteligível, por ser declarado incognoscível, não é de modo algum afastado para longe. Antes, pelo contrário. Em lugar de ser simplesmente exterior ao sensível, torna-se seu ceme indelével, duplicado do fenômeno e indício de nulidade deste em relação à ontoteologia tradicional.

O que se aprofunda, a partir de 1770, é, antes, aquilo que Hegel chamará de "a humildade" kantiana, este cuidado levado a não cair no erro que, segundo Hegel, é exatamente o próprio erro ("Diese Furcht zu irren schon der Irrtum selbst ist")[29].

O erro combatido em 1770, era a extrapolação da condição sensível do nosso conhecimento. Esta denúncia era correta, mas insuficiente. Era preciso ir mais longe na análise de nossa condição estética até descobrir o contrassenso originário que permite ao filósofo, cúmplice do senso comum, crer viver no

[29] Hegel. Phäno, des Geistes. Einleitung. S. 68-69 (Glokner).

meio do *sensível* como entre *as coisas* de que falam os manuais de metafísica. Seria pouco ainda sublinhar que nosso hábito ao fenomenal nos leva a deformar o pensamento do inteligível; mais profundamente e, antes de tudo, este costume nos conduz a *coisificar* o *próprio fenômeno*. A *Dissertação*, em suma, dizia--nos: por inconsequência, falamos das coisas do além como coisas daqui. Ela retomava, assim, a crítica que dirigia Aristóteles à tradição grega dos Eleatas a Platão, inclusive. A *Crítica* dá um passo mais, *ensinando-nos que não sabemos nem mesmo falar* convenientemente do sensível (e é por isso que as antinomias castigam o metafísico). Eis, portanto, Kant no extremo desta "humildade" que excitava a imaginação de Hegel, quer dizer, colocava-o mais longe de admitir qualquer empreendimento teórico sobre o absoluto... Da *Dissertação à Crítica* "evolução" certamente não quer dizer: mudança de rumo. Não houve, apesar da aparência, reabilitação da "sensitiva cognitio", mas o que é bastante diferente — uma desvalorização vertiginosa da *teoria* que atesta exatamente a confrontação perpétua do fenômeno com o em si. A positividade do saber é, enfim, estabelecida no seu direito, mas sob condição expressa de que este saber não concerne mais a uma região do ser e, conhecendo o que designamos por "corpos", não pensávamos determinar o que Deus criou, "em verdade deve-se dizer que Deus não criou os fenômenos, mas as coisas que não conhecemos" (Reflexão 5981). Tal foi o resultado da investigação que anunciava Kant a Marcus Herz em fevereiro de 1772, quando lhe assinalava a omissão que havia cometido em 1770: nada fora dito sobre a relação dos conceitos puros com a objetividade. "Na *Dissertação* eu me contentava em formular de maneira simplesmente negativa a natureza das representações intelectuais, a saber, que não são modificações da alma pelo objeto. Mas de outro lado, como é possível uma representação que se relaciona com um objeto sem ser afetada por ele de nenhuma maneira? Eis aí o ponto sobre o qual passei em silêncio. A *Crítica* mostrará que não haveria nenhum meio de resolver este enigma se a objetividade conservasse alguma independência ontológica Assim, a episteme continuará podendo prevalecer-se da razão pura, mas à custa da destruição da ideia clássica de *teoria*: mesmo se pudéssemos levar ao mais alto grau de clareza esta intuição que é nossa, não chegaríamos muito mais perto da natureza das coisas em si"[30]. A *Dissertação* afirmava: "há uma ciência dos sensíveis, se bem que não haja intelecção real... visto que são fenômenos"[31]. A lição da *Crítica* será que não há ciência a não ser dos sensíveis, *porque* não há intelecção real. A correção que a *Dissertação* fazia ao platonismo torna-se assim o mais insolente dos desafios. Uma provocação, porém, não é uma ruptura — e a *Crítica*, como também a *Dissertação*, transgride o horizonte da metafísica.

[30] B-6O/tr. p. 68.
[31] Diss. & 12. II. 398.

A APORÉTICA DA COISA EM SI[1]

O Capítulo III da *Analítica Transcendental*: "Da divisão de todos os objetos em fenômenos e númenos" não está, sem dúvida, entre as passagens mais obscuras da *Crítica*. Mas algo nele surpreende: o excesso de didatismo. Kant volta incessantemente sobre seus passos, como se as nuances que ele deveria acrescentar à sua tese exigissem que esta fosse reafirmada sem temer as repetições. É certo que isso não passa de uma impressão de leitura, da qual se pode fazer abstração para fornecer um resumo do capítulo que dele elimina toda ambiguidade. Mas é possível, também, dedicando-se maior atenção à sinuosidade do texto, buscar reencontrar a natureza da dificuldade que aqui está escondida e, talvez, camuflada. Há, afinal, romances policiais nos quais a investigação é suscitada por uma simples inquietação do detetive, e pelo vago sentimento, por ele experimentado, de que um crime deve ter sido cometido naquela casa.

Esse capítulo, como se sabe, fundamenta a legitimidade do conceito de númeno e, ao mesmo tempo, seu caráter singularmente problemático. Duas teses, portanto, nele se justapõem — a primeira, que é retomada da *Dissertação de 1770,* a segunda, especificamente crítica:

1) Como não se poderia afirmar que a sensibilidade é o único modo possível de intuição, o conceito de algo que não seria apresentado em uma intuição sensível não é, de forma alguma, contraditório:[2] ele é, até mesmo, "inevitável", pois sem ele nos arriscaríamos a crer que nosso conhecimento relaciona-se com as coisas mesmas, e não com as coisas dadas por meio da sensibilidade, isto é, com *objetos*.

[1] Cadernos de História e Filosofia da Ciência 5 (1983), pp. 19-28.
[2] *KRV*, A-254, tradução francesa p. 228.

2) Não posso, tampouco, afirmar a existência de um outro modo de intuição além do nosso: como eu poderia saber, positivamente, *que há* uma esfera de objetos fora da intuição sensível? Senão é "a única possível em geral", a intuição sensível é, com certeza, "*a única para nós*". Daí vem o caráter estritamente "problemático" atribuído ao númeno. Representação de alguma coisa da qual não se pode afirmar nem a impossibilidade, nem a possibilidade,[3] ele não será o conceito de um objeto. "A menos que haja um outro modo de intuição além do modo sensível, não tenho nenhuma razão para admitir um objeto desse gênero".[4] A doutrina da limitação do sensível passa, então, para um segundo plano. O importante, agora, é deixar bem claro que o emprego empírico das categorias é o único que dá sentido e valor ao nosso conhecimento, e que, se falarmos de "*objetos* não sensíveis", não saberemos se estamos designando alguma coisa.

O Capítulo III acentua visivelmente esta segunda tese, de feitio agnóstico: não nos é proibido pensar que haja "lugar" para os eventuais objetos de uma outra intuição, mas com a condição de nos lembrarmos que não estamos, de modo algum, preparados para tomar esses "objetos" pelo *Gegenstände*. Isso levanta imediatamente a questão do estatuto que se deve outorgar ao que Kant chama "objetos em si". Estes, certamente, não podem ser tomados por conteúdos separados, que estariam situados atrás do fenômeno. De resto, são frequentes as ocorrências nas quais as expressões *coisa-em-si* ou *em si* designam simplesmente o Objeto, ou a coisa (*Ding*), na medida em que é concebida sob uma relação distinta da relação de conhecimento. Por coisa em si não se deve entender nada além da coisa considerada independentemente de nossos sentidos e de um conhecimento empírico possível. Tal é a posição amplamente defendida no Capítulo III. Por númeno (no sentido negativo), diz Kant, entendo "as coisas que o entendimento deve pensar sem esta relação com nosso modo de intuição, portanto, não simplesmente como fenômenos, mas como coisas em si".[5] Esta definição volta incessantemente ao longo da *Crítica*.

[3] A-286, tr. fr. p. 246. Cf. *Prolegomena* §, IV, 316, tr. fr. p. 91.
[4] A-252, pp. 226-227.
[5] B-307, p. 226.

Tal determinação do *em si* nos leva para bem longe da *Dissertação de 1770*, já que, agora, os *inteligibilia* estão despojados de qualquer modo de presença, e a questão não é mais, como em 1770, estabelecer uma distinção *positiva* entre fenômenos e númenos, como se se tratasse de duas classes de objetos.[6] Esta interpretação minimalista da coisa em si culminará no *Opus Postumum*: "A distinção entre os conceitos relativos à coisa em si e à coisa enquanto fenômeno não é objetiva, mas simplesmente subjetiva. A coisa em si não é um outro objeto, mas uma outra relação (*respectus*) da representação como *mesmo objeto*".[7] Heidegger, citando esta frase, ergue-se contra a interpretação que afasta a coisa em si para além do fenômeno: "O além do fenômeno é o mesmo ente que o fenômeno", mas "o fenômeno não fornece o ente senão sob forma de objeto". Não faltam *Reflexionem* para corroborar esta frase. Por exemplo, esta: "Supondo-se que pudéssemos perceber as coisas em si nelas mesmas, as proposições sintéticas *a priori* não teriam nem necessidade, nem universalidade. Mas se *elas* são simplesmente fenômenos, podemos saber *a priori* como elas devem nos aparecer".[8]

Sob o único testemunho desses textos, a causa parece estar decidida. Há, infelizmente, outros textos. E basta reportar-se ao minucioso dossiê reunido por Adickes (*Kant und das Ding an sich*) para perceber que, em outros momentos, as coisas em si, separadas dos fenômenos e constituindo um reino à parte, forçam seu retorno. Seria preciso, então, que nos empenhássemos em denunciar a contradição? Outra atitude é mais prudente: perguntarmo-nos, com Gottfried Martin, se não estaríamos em presença de uma estrutura aporética — da qual é fácil, sem dúvida, indicar os efeitos (chamando-os "contradições de Kant"), mas cuja formulação exata é bem mais penosa.

[6] "Em lugar do *mundus intelligibilis* como hipótese sistemática, correlativa (*Gegenglied*) do mundo sensível, há (na *Crítica*) dois conceitos limite: as coisas em si como correlatos dos objetos-fenômenos, e os númenos propriamente ditos, como objetos de um entendimento intuitivo que, para nós, é irrealizável, e que é tal que 'nós não podemos nos fornecer a menor representação de sua possibilidade'" (Gehrard Lehmann, "Kritizismus und Kritisches Motiv", em *Beiträge zur Geschichte und Interpretation der Philosophie kants*, p. 139).

[7] Heidegger, *Kant et le problème de la métaphysique*, tradução francesa de Wæhlens e Biemel. Gallimard, pp. 93-94.

[8] Reflexão, n. 6355. Citada por Ginette Dreyfus em "La réfutation kantienne de l'idéalisme", *Revue philosophique*.

Que haja aporia quer dizer aqui, mais precisamente, que a análise do mesmo tema conduz a asserções aparentemente inconciliáveis, conforme se muda de fio condutor. Essas diferenças de ponderação ou de relevo são, além disso, frequentes em Kant, e transmitem ao leitor uma estranha impressão: é sempre a mesma paisagem que nos é descrita, mas, de um relato a outro, o procedimento de representação não é mais o mesmo. Vejamos só um exemplo desse deslocamento de dominante. No Capítulo III, Kant mostra que as categorias, *por si só*, não são aplicáveis a nenhum suposto objeto, e conclui: "Pode ser aconselhável exprimir-se assim: As categorias puras, sem as condições formais da sensibilidade, têm simplesmente uma significação transcendental, mas não são de nenhum uso transcendental, pois este é em si impossível: com efeito, faltam-lhes todas as condições de uma utilização qualquer (nos juízos)..."[9] Esta significação transcendental, preservada pela categoria pura, parece ser aqui algo de muito tênue: é o modo segundo o qual se acha expressa a coisa qualquer em geral; o essencial é que a categoria não tenha nenhum funcionamento fora do uso empírico. Consultemos agora a *Crítica da Razão Prática*: o acento deslocou-se. Contra Hume, diz Kant, consegui deduzir o conceito de causa enquanto conceito *a priori*, e mostrei, assim, que ele possui, *enquanto tal*, uma realidade objetiva. É certo que não pude deduzir a realidade objetiva desses conceitos senão em relação aos objetos da experiência sensível. Mas justamente o fato de tê-los salvo ao menos neste caso, e de ter provado que, por meio deles, objetos podem ser, *a priori*, pensados, senão determinados, dá-lhes um lugar no entendimento puro pelo qual eles se relacionam aos objetos em geral (sensíveis ou não sensíveis)[10]. E as linhas que se seguem insistem no fato de que a limitação à intuição sensível, que condiciona o uso teórico de um conceito puro, não nos impede, em absoluto, de fazer deste uma utilização não-teórica, igualmente legítima, relativamente às coisas em si. Sem nada perder de seu rigor, a restrição do valor objetivo da categoria passa, desse modo, para o último plano. Na ótica da segunda *Crítica*, o que importa é ter estabelecido que o conceito puro não é uma quimera, e não a estreiteza de seu

[9] B-305, p. 223.
[10] *KPV*, V, 54, p. 55.

campo de validade teórica. Kant atrai, portanto, nossa atenção para um tema que é exatamente o simétrico do tema precedente: mesmo que os conceitos puros não tenham valor objetivo senão por meio da sensibilidade, eles permanecem, antes de tudo, independentes da experiência e, quem sabe, disponíveis para uma outra destinação.

Limitação dos conceitos puros ao sensível, independência dos conceitos puros relativamente ao sensível: esses são dois instrumentos que Kant utiliza, conforme as necessidades de sua estratégia. Sem dúvida, dois temas complementares, mas cuja complementaridade não exclui a existência de uma tensão. É esta tensão que se desejaria analisar. E não será talvez inútil, para fazê-lo, voltar ao problema epistêmico, do qual a *Analítica Transcendental* é a solução, e que foi pela primeira vez formulado na famosa carta a Marcus Herz, em 1772. A questão, sabe-se, é a seguinte: se as representações intelectuais não são produzidas pelo objeto, e se elas tampouco o produzem, de onde vem que as coisas se ponham necessariamente de acordo com os conceitos *a priori* de meu entendimento?... Resumir a solução kantiana seria resumir a *Analítica*. Notemos apenas, pensando na dificuldade que nos ocupa, que esta "solução crítica" tão tediosamente repetida ("não há *theôria* senão dos fenômenos") é suscetível, não de duas interpretações diferentes, é certo, mas de duas interpretações de *força desigual*.

A primeira é aproximadamente a seguinte. Seria absurdo sustentar que meu entendimento prescreve leis às coisas: salvo pela harmonia pré-estabelecida — hipótese fantasiosa —, como poderiam estas se regular por aquele? Se não quisermos que o *Faktum* do conhecimento *a priori* permaneça um mistério, deveremos admitir que o entendimento não diz respeito às *coisas mesmas*.[11] Que haja coisas em si, esta convicção é, neste caso, indispensável para lembrar-nos que "os fenômenos constituem um objeto que está simplesmente *em nós*": a presença das coisas em si *praeter nos* acusa a especificidade ontológica do fenômeno e, por vezes, até mesmo sua falta de consistência ("nur Erscheinung").

[11] Cf. A-128-129, p. 144; *Proleg*. §14, IV, 294.

Mas há também uma segunda leitura, aquela que torna necessariamente problemática a presença de um objeto em si ou, pelo menos, o direito que temos de postulá-lo. A *Dedução Transcendental* não se restringe a limitar a área de nosso conhecimento aos "simples fenômenos". Ela se propõe, também, a provar que são os nossos conceitos puros, e só eles, que transformam o aparecer (*die Erscheinungen*) em objetos (*Gegenstände*) ou fenômenos (*Phaenomena*),[12] ao determiná-los com relação a um objeto em geral. Ora, ocorre que "toda intuição possível para nós é sensível" e que as coisas "dadas enquanto percepções" são as únicas que podem ser *conhecidas*. Resulta daí que as categorias só servem ao conhecimento das coisas na medida em que estas são tomadas como objetos de uma experiência possível.[13] Estes textos são habitualmente entendidos como se Kant quisesse simplesmente dizer que as categorias, *para nós*, só são funcionais quando se baseiam na intuição sensível empírica. Mas a *Dedução* requer um pouco mais do leitor, quando enuncia que as categorias não têm outro uso (*keinen anderen Gebrauch*) senão a formação de objetos empíricos. E é este próprio requisito suplementar que cria a extrema dificuldade com que se deve defrontar a *Dedução*, cuja tarefa, sublinha Kant, é mais árdua que a da *Estética*. Ao passo que não se necessitou de grandes demonstrações para convencer-nos de que o espaço e o tempo só podem dizer respeito a objetos dos sentidos, a *Dedução*, de sua parte, deve estabelecer que os conceitos puros, ainda que estejam desvinculados da limitação da sensibilidade, não podem servir teoricamente para *nada que não seja* informar a intuição sensível; e que "essa maior extensão dos conceitos para além de *nossa* intuição sensível não nos serve para nada ('*hielft uns... zu nichts*')",[14] além dela, com efeito, eles não podem estipular se objetos (*Objecte*) "são possíveis ou impossíveis".

[12] Sobre a diferença que Kant faz entre *Erscheinung* e *Phäenomena*, cf. A-248-9: "As aparições (*Erscheinungen*), na medida em que são pensadas como objetos de acordo com a unidade das categorias, denominam-se fenômenos (*Phaenomena*)." Tremesaygue e Pacaud traduzem *Erscheinungen* por "images sensibles" (p. 223). De nossa parte, alinhar-nos-emos à sugestão de M. Guillennit: "Seriam necessários, na verdade, três termos para traduzir *Erscheinung*: *fenômeno*, *aparência* e *aparição* (no sentido de aparição de um cometa, e não de: espectro ou visão)" (trad. dos *Progrès de la métaphysique*, Vrin, p. 123).

[13] B-148, p. 125.

[14] B-148, p. 126. Cf. A-248, p. 223.

Dito de outro modo, a finitude está inscrita nas próprias categorias, e a *Dedução*, no fim das contas, neutraliza a famosa cláusula "*uns Menschen wenigstens*": não é tanto nossa condição finita, nossa consignação à "receptividade", que restringe o uso das categorias, mas o fato de que estas não têm, em absoluto, outro emprego teórico senão a constituição do objeto da experiência. A *Dedução* nos faz experimentar o sentimento de que, se não estivéssemos voltados ao sensível, longe de deter um saber absoluto, nós nada conheceríamos. Quem quisesse se fazer de anjo, far-se-ía, inevitavelmente, de besta... Não basta mais dizer, portanto, como em 1770, que "o conceito inteligível como tal é desprovido de todos os dados da intuição humana" (*Dissertação*, §10): o "conceito inteligível como tal" não pode designar nenhum tipo de objeto, e o *noumenon* não pode, absolutamente, ser representado como um objeto.

Por mais abissal que seja a diferença entre pensamento e intuição, tudo se passa como se o pensamento não estivesse dedicado senão a organizar *nossa* intuição (Kant, na *Dedução*, sublinha frequentemente o possessivo), *e somente ela.* Essa ideia é novamente expressa com força na resposta a Ulrich.[15] Kant concede a Ulrich, não sem alguma desenvoltura, que a *Dedução* é insatisfatória. Mas acrescenta: mesmo admitindo-se que eu não consegui mostrar *como* as categorias constituem a possibilidade da experiência, provei ao menos "que elas não podem ter nenhum outro uso que não aquele relativo aos objetos da experiência (pois é somente nessa relação que elas tornam possíveis a forma do pensamento)..." Eis aí o essencial. Porque, se isso me for concedido, torna-se "incontestavelmente certo que a experiência não é possível senão por estes conceitos — e que, em troca, tais conceitos não são suscetíveis de nenhuma significação e de nenhum uso, quaisquer que sejam, senão por referência aos objetos da experiência". Notar-se-á que esta frase, tomada ao pé da letra, está em oposição à passagem da *Razão Prática* que citamos mais acima: as categorias, fora da utilização empírica, não apenas não servem para nada, mas não significam nada; separadas dessa intuição *que é a nossa*, elas são impotentes para formar o esboço de qualquer "Objeto" que seja. Tal é a versão maximalista da redução do pensamento à utilização empírica.

[15] *Metaph. Anfangsgründe*, IV, 474.

Ora, estaria ainda o filósofo crítico, ao ater-se estritamente a esta posição, no direito de invocar objetos em si como se se tratasse de conteúdos incogniscíveis, mas positivos? Não, sem dúvida: o *em si* só pode ser visado como "problemático". E, no entanto, sabe-se bem que Kant retoma esse direito, como se nada houvesse, cada vez que representa a relação fenômeno/coisa em si como uma relação *recto-verso*. Nessas páginas, todo escrúpulo desaparece e a realidade e independência das coisas em si são afirmadas sem a menor reserva. Assim, no segundo Prefácio: "... Deve-se notar que podemos sempre, ao menos, pensar esses mesmos objetos ('Gegenstände'), pelo menos como coisas em si, mesmo que não possamos conhecê-las. De outro modo, seguir-se-ia a absurda proposição de que há um aparecer sem nada que apareça ('dass Erscheinung ohne etwas wäre, was da erscheint')". Ou, ainda: "Quando denominamos certos objetos, na medida em que aparecem ('als Erscheinungen'), seres-dos--sentidos ou *phaenomena*, distinguindo aí entre a maneira pela qual os intuímos e a sua natureza nela mesma, nós já estamos de posse da ideia de opor a eles, como objetos ('als Gegenstände') seja estes mesmos objetos, considerados do ponto de vista desta natureza última, mesmo se nós não os intuímos sob esta relação, seja outras coisas possíveis, que não são objetos de nossos sentidos ('die gar nicht Objecte unserer Sinne') e de chamá-los (todos) seres do entendimento (*noumena*)".[16] É, pois, indispensável ter o pensamento desses "Objecte", mas que discurso se poderia formular sobre eles, já que estamos de acordo de que não há objetividade ("Gegenständlichkeit") concebível fora da experiência possível? Em que poderia, de fato, consistir a "representação de um objeto em si ('Vorstellung von einen Gegenstand an sich selbst')", da qual Kant nos fala nessa página? É verdade que "posso pensar o que quiser", com a condição de não me contradizer, mesmo que não possa provar, de modo algum, a possibilidade do objeto.[17] Pensar não é conhecer. Mas esta concessão de Kant não é absolutamente esclarecedora, pois gostaríamos de saber, mais simplesmente, em que medida pode-se ainda falar de "representação" de um "Object". Como "Deus", por exemplo, pode anunciar-se como "Object"?

[16] B-XXVI, pp. 22-23; B-306, p. 224. Cf. *Proleg.* §32.
[17] B-XXVI, nota.

Se voltarmos, contudo, à versão rigorista do criticismo, nós nos aperceberemos que esta "representação" do em si (por difícil que seja de se imaginar) dá lugar a "uma ilusão que não se evita facilmente" ("schwer zu vermeidende Täuschung"),[18] da qual o Capítulo III expõe por duas vezes a gênese. Do fato de que distinguimos "o objeto em geral" de sua determinação por meio da intuição sensível, *parece-nos* que a este simples pensamento do objeto deve corresponder "um modo de existência do objeto em si (*noumenon*), sem considerar a intuição que é limitada a nossos sentidos"[19]. Esta ilusão não é uma aberração: ela provém da justa consciência que temos da independência das categorias relativamente ao sensível. Mas essa convicção nos conduz diretamente ao erro, já que nos faz esquecer aquilo que deveria ser o seu contrapeso: que o pensamento "não tem, por isso, seu emprego próprio e puro sem o auxílio da sensibilidade". Eis por que a independência das categorias comporta algo de "capcioso" ("Verfängliches").[20]

Um pouco mais acima encontra-se uma outra análise, mais detalhada, da ilusão, à qual vale a pena dedicar atenção. Aqui, o ponto de partida do erro está na relação que denominamos *recto-verso*. Kant acaba de dar a definição dos númenos: coisas que podem ser dadas a uma intuição que não é a intuição sensível. E acrescenta: "Dever-se-ia pensar ('nun sollte man danken') que o conceito dos fenômenos tal como foi limitado pela *Estética Transcendental* já fornece, por si mesmo, a realidade objetiva dos númenos e a divisão dos objetos em *phaenomena* e *noumena*..."[21]. Por que se deveria pensar assim? Porque a própria expressão "objeto tal como aparece" remete a "objeto *tal como ele é*", e nos convida a considerar o aparecer e o ser como duas regiões vizinhas (a segunda estando, bem entendido, interditada à nossa faculdade de conhecer). Ora, Kant nos adverte que esta *lectio* — tão difundida — simplesmente arruinaria o resultado da *Dedução Transcendental*. "Haveria assim, além do uso empírico das categorias (que está limitado às condições sensíveis), também um uso puro e, no entanto, objetivamente válido, e não

[18] B-305, p. 223; Cf. *Proleg*. §33.
[19] B-346, p. 248.
[20] *Proleg*. §33, IV, 315, p. 88.
[21] A-249, p. 224.

poderíamos afirmar o que já adiantamos até aqui, a saber, *que nossos conhecimentos puros do entendimento não são jamais nada além ('uber all nichts weiter') dos princípios da exposição do fenômeno...*"[22]

Em outras palavras, se nos contentarmos em pensar (e seria bem desculpável que o fizéssemos) que as categorias estejam *acidentalmente* restritas, ao menos para nós homens, à utilização empírica, já estaremos, de boa fé, a subverter a *Crítica* sem o saber. Pois estaremos subentendendo, então, que um outro uso teórico das categorias é concebível — e, desse modo, rejeitando a tese mestra da *Dedução*: que as categorias são tais que *somente* as "*Erscheinungen*" podem ser, por meio delas, constituídas em objetos. E, desconhecendo dessa forma quanto as categorias estão presas à *nossa* intuição, cairemos quase certamente na armadilha: admitimos vagamente a possibilidade de um outro tipo de intuição e, em lugar de pensar o númeno como *não-objeto* da intuição sensível, nós o introduzimos, levianamente, como *objeto* de uma intuição não sensível. Já somos platônicos pela metade — ou, pelo menos, o platonismo não nos aparece como uma *Schwärmerei*. Ora, é esse semiplatonismo que o autor da *Crítica* deve conjurar a qualquer preço. E não é muito difícil compreender por que.

Nada mais inocente, à primeira vista, que pensar a possibilidade de um objeto que não seja fenômeno: eis aí, parece, uma extrapolação sem consequências. Na realidade, isso torna a pôr em questão a necessidade do conhecimento *a priori*. Por que, com efeito, é "não apenas possível, mas necessário" que nossa experiência seja precedida e organizada pelos conceitos puros? Resposta da *Dedução Transcendental*: porque só temos relação com os fenômenos e porque, desse modo, estamos seguros de que "todos os objetos de que podemos nos ocupar estão todos juntos ('insgesamt') em mim, isto é, são determinações de nosso Eu idêntico".[23] A partir daí, é certo que "sua ligação e unidade se encontram simplesmente em nós". Notar-se-à que esse texto parece responder de antemão à acusação de "ternura pelo sensível", que Hegel lançará contra Kant. Não é o sensível como tal que fascina Kant. O que o interessa, na *Dedução*, é o fato de

[22] A-250, p. 224.
[23] A-129, p. 145.

que os *sensibilia* são, com certeza, "Bestimmungen *in mir*"; e que eles não podem absolutamente se furtar, portanto, à legislação implicada pelo fato de pertencerem de direito a uma consciência. Que não haja "Gegenstand" senão no campo do *intuitus* é a garantia de que tudo o que concebo sob o nome de "Gegenstand" se presta, em princípio, a um conhecimento *a priori*: pelo fato de que *objeto = sensibilium*, esta determinação se inscreve no próprio ente (daqui em diante designado como "fenômeno"). Em compensação, basta afirmar que os objetos são acessíveis a uma intuição intelectual para negar, *ipso facto*, que *todo objeto*, de direito, esteja submetido à jurisdição de um conhecimento *a priori*. Em suma, basta admitir a possibilidade de númenos positivos para que se rompa, em absoluto, a identidade entre possibilidade da experiência e possibilidade do objeto da experiência.

De forma mais geral, deve-se dizer que, se concedermos algum valor ontológico, por pequeno que seja, a um "Objeto" separado da condição da intuição sensível, a "Natureza em geral" não mais será aquilo que é articulado pela atividade categorial. Se existem outras entidades que podem fazer concorrência a nossos "Gegenstände", então a objetividade desdobrada e dominada pelo entendimento puro não passa de uma feliz exceção — um privilégio de ilhéus do qual nos beneficiamos graças à nossa condição de seres "finitos". E, portanto, a *Analítica* não mais seria o substituto — ainda que "modesto" — de uma ontologia. Eis por que a versão rigorista se empenha em reduzir a pensabilidade do objeto em si, coisa que, como vimos, a versão laxista generosamente concedia.

Poderia parecer, por exemplo, que o objeto transcendental ao qual se relacionam as representações merece, ao menos ele, o estatuto de número positivo... Esse seria um erro resultante de uma leitura apressada, pois a *Dedução* já nos instruiu acerca da exata significação que deve ser dada a esse "Etwas = X". Ela nos ensinou que é a partir de "X" que se deve pensar "Etwas", pois esse "Etwas" não surge senão para simbolizar o fato de que nossos conhecimentos "não são determinados ao acaso e arbitrariamente".[24] Importa, pois, reduzir o objeto transcendental a esta simples *função*, e não imaginarmos que se trataria de

[24] A-104-105, p. 117-118. Cf. A-250, p. 225.

um ente fora de nosso conhecimento: "Etwas überhaupt" não significa nada além da unificação do diverso, segundo as regras necessárias, "não um objeto do conhecimento em si, mas apenas a representação dos fenômenos sob o conceito de um objeto em geral, que é determinável pela multiplicidade destes". Assim, mesmo neste caso, a transcrição do *όν* em *φαινόμενον* não sofre exceção nem, tampouco, sofre relativização a teoria transcendental da objetividade. Eis aí o que o conceito de "númeno", tal como exposto ao fim da *Analítica*, se encarrega de nos lembrar: que eu tenho, certamente, o direito, e mesmo o dever, de pensar *alguma coisa* fora do sensível, mas com a condição de não tomar jamais essa *alguma coisa* como um ultra-objeto ("Gegenstand"). Tal é a *lectio purissima*, a mais conforme à "Erkenntnisstheorie" da *Crítica*.

Mas esta *lectio* não pode vir só. Como compreender, efetivamente, os textos que não hesitam em descrever a coisa em si como um "Gegenstand"? Por exemplo, nos *Prolegômenos*, quando Kant pretende distinguir-se do idealista material: "Admito, pois, reconhecer que há corpos fora de nós, isto é, coisas que nos são completamente desconhecidas quanto ao que podem ser em si, mas que conhecemos pelas representações que nos fornece sua ação sobre a sensibilidade e que chamamos *corpos*; mas essa palavra designa somente o fenômeno desse objeto que, embora desconhecido, não deixa de ser menos real".[25] E, ao fim da *Analítica*, lemos que o entendimento pensa "um objeto transcendental que é a causa do fenômeno e, por conseguinte, não é, ele mesmo, fenômeno, mas que não pode ser pensado nem como grandeza, nem como realidade, nem como substância etc."...[26] É uma pena que Kant, nesta enumeração das categorias, não tenha prosseguido até a de *causalidade*, pois esta, talvez, o tivesse conduzido a explicitar melhor com que direito e em que sentido o objeto transcendental é precisamente chamado, nesta passagem, de "Ursache der Erscheinung". Na falta de maiores esclarecimentos sobre esse ponto, o leitor estará bem tentado a dar razão a Fichte, quando este ataca o que polidamente denomina "o kantismo dos kantianos": "Sua coisa em si, que ainda há

[25] *Proleg*. §13, IV, 289, pp. 52-53.
[26] A-288, p. 247.

pouco não era senão um simples pensamento, seria ela agora mais que um simples pensamento? Ou estariam eles pensando seriamente em dar a um simples pensamento o predicado que não é apropriado senão ao que é real, o de causalidade?"[27] Se é assim, é bem de uma contradição que estamos tratando, não de uma aporia.

Não, diz Kant: não há senão aparência de conflito: "Se juntarmos à ordem de evitar todos os julgamentos transcendentes da razão pura a ordem, que aparentemente conflita com esta, de ir até os conceitos que estão fora do campo da utilização imanente (empírica), tomamos consciência de que ambas podem coexistir, mas apenas, precisamente, até o limite do uso legítimo da razão..."[28]. Mas de que coexistência, exatamente, se trata? Quais são essas duas injunções às quais a filosofia crítica deve, simultaneamente, satisfazer? Para descobri-lo, mais vale, talvez, perguntar quais são os dois adversários que Kant deve, sucessivamente, enfrentar.

No Capítulo III, adivinha-se com facilidade qual é o adversário: é Leibniz, que será expressamente designado na *Anfibologia*, algumas páginas adiante; é o metafísico que crê, com total sinceridade, conhecer todas as coisas nelas mesmas, já que sua ontologia negligencia as condições da intuição sensível e não se representa as coisas senão em função de simples exigências conceituais. A partir daí, segue-se naturalmente, por exemplo, que em toda "coisa em geral" um substrato interno deve preceder e dar suporte às relações externas: na falta dele, a supressão dessas relações significaria a supressão da coisa mesma, o que é absurdo... Nada mais justo nem mais inofensivo que esta convicção, responde Kant, contanto que se trate da coisa *abstraída de sua relação com nossa intuição* — e o metafísico seria inatacável se se apresentasse expressamente como um simples numenólogo. O que traz problemas é que este numenólogo sem o saber apresenta sua "ciência" como uma teoria do objeto em geral, como se ela pudesse "ser aplicada aos fenômenos, os quais não representam a coisa em si".[29] O objeto em si de que fala a *Monadologia* nada

[27] *IIe Intr. à la Doctrine de la Science*, tr. fr. de Philonenko, Vrin, p. 287.
[28] *Proleg.* §57, IV, 356, p. 145.
[29] B-332, p. 241.

tem a ver como *Gegenstand* do qual *nosso conhecimento* se ocupa. Basta, igualmente, analisar a coisa *enquanto coisa que está no espaço* para se apercerber que esta *hýbris* do numenólogo o conduz a absurdos: "... o que ele não podia tornar representável por simples conceitos do entendimento, (Leibniz) considerou impossível, e estabeleceu princípios que fazem violência ao bom senso..."[30]

Seria, portanto, de bom alvitre sublinhar, contra essa falsa ontologia, que a coisa, separada de suas condições de representação, não pode ser senão um *não-objeto*: não se pode *nem mesmo* pensar a coisa em si como um objeto. Tal é a lição administrada rudemente a Eberhard. Se fôsseis ao menos um pouco rigoroso, repete-lhe Kant, vós vos aperceberíeis de que, ao afastar de vossa pretensa "coisa" toda determinação proveniente da intuição, dela nada mais se poderia dizer. Se fôsseis coerente, nada vos restaria entre as mãos — e sois vós que pretendeis nos ensinar o que é um objeto! Em suma, a numenologia, tomando-se por uma ontologia, comete uma *metabasis* — e, o que é mais, uma *metabasis* risível. Não apenas ela não tem o direito de falar de "*todas as coisas*", mas, além disso, ela assimila "todas as coisas" a um tipo de "Etwas" que, em princípio, escapa de toda determinação: ela deveria desembocar em uma *me-ontologia*... E se o metafísico não chega a esse extremo é porque, tal como Eberhard, ele fala da coisa em si servindo-se, sub-repticiamente, "dos materiais da representação sensível..., pois, como todo homem, ele não dispõe de outros".

Nem é preciso dizer que, na linha desta polêmica, a coisa em si não pode senão se desvanecer: o que importa é mostrar quão aberrante é visar como objetos os conteúdos que, de início, são colocados fora da intuição sensível. Se se tratasse apenas, para Kant, de combater a impostura "dogmática" assim entendida, mal se compreenderia, então, de que lhe serve relembrar, ocasionalmente, que "por trás dos fenômenos deve haver, todavia, para fundá-los, as coisas em si (ainda que ocultas)"...[31] É aqui que se faz necessário fazer intervir o outro adversário, um adversário que já aparecia na *Dissertação de 1770*.

[30] *Fortschritte*, XX, 281, tr. fr. de Guillermit, p. 38.
[31] *Grundlegung*, IV, 459, p. 204.

De fato, um dos traços — talvez o principal — que permitem classificar a *Dissertação* no pré-criticismo é que o diagnóstico oferecido para a moléstia da metafísica é bem diferente daquele da *Crítica*. Em 1770, Kant pensa que o desencaminhamento da metafísica provém da universalização irrefletida das condições do conhecimento sensível: como os metafísicos, a sua revelia, confundem as condições deste com as do objeto em geral, eles falam de um *intelligibilium* que não é, na realidade, senão um *phaenomenon intellectuatum* (§24). Asseverar, por exemplo, que "tudo o que existe está em um lugar ou em um tempo" é submeter sorrateiramente *todos os seres*, incluindo-se aí os *intelligibilia*, "às condições do espaço e do tempo" (§27). Curiosamente, o *topos* da *usurpação de território* está, dessa forma, apropriadamente localizado em 1770, embora sirva a uma demonstração simetricamente oposta àquela da *Crítica*, a ponto de se poder definir a *Dissertação* como uma Anfibologia da Reflexão às avessas: são as condições dos *sensibilia*, e não dos *intelligibilia*, que dão lugar a uma extrapolação ilegítima. Os maus metafísicos são, assim, os "físicos" inconscientes, aqueles que, de partida, sensualizam os *intelligibilia* — e não, como mais tarde, os numenólogos inconscientes.

Sob este ângulo ocorre, portanto, de 1770 a 1781, uma reversão que se pode descrever com precisão. Releia-se, por exemplo, à luz da *Analítica*, o §25 da *Dissertação*, onde Kant analisa o erro cometido pelos metafísicos secretamente "sensualistas". Eles praticam, diz Kant, um preceito justo: que "aquilo que não pode ser conhecido por nenhuma intuição não é pensável". Mas logo sobrevém um "vício de sub-repção": como não podemos conceber outra intuição além da sensível, consideramos muito natural "submeter todos os possíveis axiomas sensíveis do espaço e do tempo". Kant ressalta, é certo, que "não podemos por nenhum esforço do espírito, e nem mesmo por nenhuma ficção, obter qualquer intuição" que não a sensível, mas o que ele procura com isso é chamar a atenção para o fato de que essa constatação é automaticamente *sobre-interpretada*: "Consideramos absolutamente impossível qualquer intuição que não esteja submetida a essas leis (deixando de lado a intuição intelectual pura e desobrigada das leis dos sentidos, tal como é a de Deus, que Platão chama Ideia)..." O sofisma surge aqui, portanto, do não reconhecimento da possibilidade da intuição intelectual, ao passo que, nos textos antileibnizianos da *Crítica*, o pecado capital consistirá em "supor como possível um outro modo de intuição além do modo sensível".[32] Assim, é patente a inversão da estratégia. Mas, isto constatado, resta compreender por que a *Crítica* não renegou de nenhum modo a *Dissertação*, e por que, a despeito da inversão, o tema antis"sensualista" da *Dissertação* permanece reconhecível na *Analítica* — ou, ainda, por que Kant, mesmo quando elimina a referência à intuição intelectual, não renuncia, longe disso, à menção da presença da coisa em si.

Uma passagem da *Anfibologia* nos põe no caminho da resposta. Logo que Kant opõe as duas maneiras "dogmáticas" de desconhecer a dualidade de nossas duas fontes de conhecimento, ele toma por heróis epônimos de Leibniz — aquele que "intelectualiza os fenômenos" — é Locke — aquele que, ao contrário, "sensualiza todos os conceitos do entendimento".[33] Portanto, o empirista tomou o lugar do metafísico criticado em 1770 — com a diferença que ele não mais comete o erro sub-repticiamente. E David Hume vai representar, daí em diante, a ilusão que consiste em fazer "dos limites de nossa razão os limites da possibilidade das coisas mesmas": "Os *Diálogos* de Hume podem servir aqui de exemplo".[34]

Aqui não é o lugar para voltar à análise que Kant efetua da filosofia de Hume. Note-se, apenas, que não é sem uma simplificação excessiva que se pôde reduzir essa famosa crítica a uma meritória defesa dos direitos da ciência contra o ceticismo devastador. Observando-se mais de perto a radioscopia kantiana, percebe-se que esse ceticismo se enraíza em uma convicção preliminar que se poderia chamar cientificista, a saber, que se pode "estender indefinidamente nosso conhecimento da experiência de modo que não reste mais nada para conhecer senão o mundo".[35] Esta é a convicção que Kant ataca em primeiro lugar: contra o empirismo, que não sonha sequer em medir o alcance do uso

[32] B-309, p. 228.
[33] B-327, p. 238.
[34] *Proleg*. §57, IV, 351, p. 138.
[35] *Proleg*. §57, IV, 357, p. 146.

teórico e *mundano* de nosso conhecimento, ele observa, então, que este só se exerce em um terreno muito específico: no interior do "simples fenômeno" ("nur Erscheinung"). De imediato, o "fenômeno" muda de função: ele não é mais o único teatro possível do conhecimento *a priori*, mas sobretudo uma região cujos habitantes não têm nenhum direito de decidir sobre o ser em geral. É neste momento que a coisa em si volta à cena: "(O mundo sensível) não tem, pois, nenhuma consistência para si, ele não é, propriamente falando, a coisa em si, e assim relaciona-se necessariamente àquilo que contém o fundamento desse fenômeno, aos seres (wesen) *que podem ser conhecidos não apenas como fenômenos mas como coisas em si*"[36]. Essa nova perspectiva não nos autoriza, evidentemente, a afirmar que há uma intuição intelectual, e creditá-la a Deus ou aos anjos; mas "seria, por outro lado, um absurdo ainda maior não admitir as coisas em si, ou considerar nossa experiência como sendo o único modo possível de conhecer as coisas..."[37] Resumindo, a coisa em si passa a ser representada como um "Gedankending" quando se denuncia a presunção do leibniziano soberbamente indiferente às condições de princípio da objetividade; depois ela retoma o aspecto de um ente, quando se censura o antimetafísico que desconhece a *situação* do nosso modo de conhecimento. A coisa em si ou evapora-se ou tem sua presença reafirmada, conforme se trate de abater um ou outro dos adversários — ou, de preferência, conforme se trate, para Kant, de alcançar um ou outro de seus dois grandes objetivos.

Quando Kant nos põe de sobreaviso contra a armadilha que se disfarça na utilização empírica do entendimento, e quando nos convida a tomar ao pé da letra a palavra *Ding* em *Ding an sich selbest* (em lugar de considerá-la o equivalente de um vago *Etwas*), o que está em jogo é quase sempre claro: deve-se tornar possível o emprego da razão prática. No segundo Prefácio, isso é dito de forma límpida: *Deus* e *a liberdade* não terão jamais sentido até que tenham sido "retiradas", da "razão especulativa", "suas pretensões injustas". Qual é, aqui, a identidade dessa "razão especulativa"? Ela é a razão cientificista, aquela que, na falta de

[36] Ibid., IV, 354, p. 142. Nosso grifo.
[37] Ibid., IV, 350, p. 137.

uma limitação do alcance dos princípios da utilização empírica, sugere-nos "transformar" todas as coisas "em fenômeno" e nos faz declarar "impossível toda extensão prática da razão pura".[38] Opor-se-á, a essa episteme etnocentrista, que nosso modo de conhecimento não é o único possível; a coisa em si não mais será, portanto, determinada como não-objeto, mas como fundamento.

Basta tomar essa indicação demasiado a sério, porém, para que a realização da segunda tarefa — a fundação do conhecimento *a priori* — fique comprometida. Pois, se o desconhecimento ou recusa das coisas em si tornam obviamente impossível o livre curso da razão prática, a admissão de sua existência, como por detrás de uma cortina, introduziria em nosso conhecimento *a priori* uma insuportável fragilidade. Haveria *alhures* conteúdos que mereceriam o nome de objetos, embora permanecendo subtraídos à jurisdição estabelecida na *Analítica*. É verdade que *nosso* conhecimento *a priori* permaneceria garantido pela equação "objeto = fenômeno", mas essa equação, ela mesma, seria apenas o efeito de um acaso feliz. Toda interpretação que represente o objeto-fenômeno como a parcela cognoscível da coisa em si deve desembocar, se for consequente, nesta conclusão. Como escreveu N. Hartmann (valendo-se de numerosos textos de Kant), se resta "uma parte incognoscível do objeto, (parte que é apenas inteligível, jamais sensível, e que jamais penetra na esfera dos fenômenos e das realidades empíricas...)",[39] deve-se confessar que a existência do conhecimento puro por um triz não se mantém: nossa faculdade de conhecer, tivesse ela sido um pouco mais perspicaz e não teríamos senão conceitos empíricos, e uma física pura teria sido impensável; tivéssemos tido acesso, desde o nascimento, à coisa tal qual ela existe antes de sua retração espaço temporal e todo nosso saber não teria sido senão laboriosa empiria. Isto é o que se deveria dizer, quando menos, se o objeto em si fosse de fato um *Grund* real, e não um *Hintergrund*... Mas o que a *Analítica* descarta ao máximo é exatamente essa ligação entre conhecimento *a priori* e um *Faktum* antropológico. Quando Kant escreve que as categorias não têm emprego teórico

[38] B-XXX, p. 24.

[39] Citado em Gottfried Martin, *Science moderne et ontologie traditionelle*, tr. fr. de J.-C. Piguet, Paris: PUF, p. 152.

senão relativamente à *nossa* intuição, ao sublinhar *nossa*, é essa eventualidade que ele pretende exorcizar: não é preciso que o modo de saber que antecipa o comportamento dos objetos possa ser tomado por um outro modo de saber qualquer, que "nós homens, ao menos" tivéssemos ganho na loteria, dentre muitos outros que poderiam caber. Eis por que os textos que reduzem ao extremo a presença da coisa em si não se dirigem, de modo algum, contra a "metafísica" no sentido trivial da palavra: eles se destinam a evitar uma possível relativização do conhecimento puro.

Seria contraditório esta defesa da *theôria*, em sua universalidade, com o desdobramento da razão prática? Afirmá-lo iria contra declarações expressas de Kant (notadamente nos prefácios das duas primeiras *Críticas*). Mas pode-se, contudo, pensar que não é fácil, para Kant, satisfazer simultaneamente às duas exigências. A hesitação na determinação da coisa em si indica, sobretudo, que há dois motivos distintos no coração da *Crítica*, motivos que chegam, sem dúvida, a coexistir, por bem ou por mal, mas que, não raro, entram rapidamente em dissonância. A restrição do conhecimento ao fenômeno não se ajusta tão perfeitamente, como pretende Kant, à utilização prático-dogmática, que ela certamente prepara, mas que, em troca, arrisca a todo momento arrebatar à ciência o monopólio da objetividade. Mesmo assegurando que seus dois projetos de fundação — teórico e prático — são complementares, Kant não se assemelha menos, por isso, de tempos em tempos, a esses, filósofos dos quais zomba Platão, que, "como as crianças, querem as duas coisas ao mesmo tempo". O mais estranho é que ele as obtém, ao menos sob a forma de uma dupla porteridade: a epistemologia racionalista e o Saber absoluto.

Tradução de José Oscar de Almeida Marques

A TERCEIRA CRÍTICA OU A TEOLOGIA REENCONTRADA[1]

Do sensível ao suprassensível, não há passagem possível "por meio do uso teórico da razão": só é concebível uma "transgressão"[2]. Eis um tema constante do pensamento crítico, que é retomado em toda sua força pela *Crítica do Juízo*, mas redobrado ali por outro tema, que vem matizá-lo: não obstante a heterogeneidade desses dois "modos de pensar" (*Denkungsarten*), uma transição, contudo, pode conduzir-nos do "modo de pensar" segundo a natureza ao "modo de pensar" segundo a liberdade. E a *Crítica do Juízo* não é, aliás, nada outro, senão o percurso dessa transição. Assim a análise do Belo faz anunciar-se a moralidade no sensível,[3] — e parece certo aos olhos de Kant que, na história da civilização, foi o interesse moral nascente que secretamente orientou a atenção dos homens para a beleza e para a finalidade da natureza[4]... Ora, é notável que, nas duas primeiras *Críticas*, nada deixava pressentir essa "transição" (*Übergang*) nem adivinhar a importância que Kant, aqui, lhe atribui. Mesmo se esse remanejamento não modifica em nada a temática kantiana, é legítimo, pois, perguntar-nos qual é a incidência dele sobre a economia do sistema crítico e se ele não nos faz compreender melhor — ou, pelo menos, compreender

[1] Congresso Kant Internacional; Otawa 1974.

[2] "... uma transgressão (...) que, para que não seja um salto perigoso, na medida que não é, tampouco, um avanço contínuo na mesma ordem de princípios..." (Kant, *Sobre os Progressos da Metafísica*; Akademie-Ausgabe, XX, 273).

[3] "O gosto faz como que a transição do estímulo sensorial ao habitual interesse moral *sem um salto muito violento*." (Kant, *Crítica do Juízo* §59, 260; abreviadamente: *K.U.* §59, 260). Cf. *K.U.*, Introdução §2, XIX-XX; *Primeira Introdução à Crítica do Juízo* (*Erste Einl.*), XX, 242. Trad. brasileira no volume KANT II, da coleção "Os Pensadores".

[4] *K.U.* §88. Observação, 438-9; Observação geral, 472.

de outro modo — as duas primeiras obras que a *Crítica do Juizo* pretende ligar uma à outra. Quem era Kant para poder ter sido *também* o autor da *Crítica do Juízo*? Essa questão, vasta demais, irei especificá-la de pronto, limitando-me ao exame de um momento bem determinado da "transição": aquele que nos faz passar do julgamento teleológico à teologia moral. Essa análise pode parecer demasiado localizada. Veremos, talvez, no decorrer do percurso, que ela permite apreciar a terceira *Crítica* em seu conjunto.

Comecemos por uma impressão de primeira leitura. A Dialética do julgamento teleológico é, aparentemente, a simples retomada de um lugar já conhecido do kantismo: a razão teórica deve restringir-se à investigação da natureza e por isso, ao procurar determinar o suprassensível — no caso, a Ideia de Deus, — só pode desgarrar-se. Toda apologética fundada sobre as "causas finais" é, pois, um exercício vão. Kant, de resto, não se contenta com proibir a utilização "bem pensante" das "causas finais": vai mais longe, a ponto de destruir a própria noção. Quando Goethe escreve que o "mérito infinito" da terceira *Crítica* é ter-nos enfim libertado das "absurdas causas finais", seu relato de leitura não é excessivo. A recusa da finalidade tradicional está inclusa na própria expressão "fim-natural": emprego essa expressão, diz Kant, em lugar da expressão "fins divinos", para indicar que esta última deve ser doravante banida da física. Falando de "fins naturais", saber-se-á, pelo menos, que não se especula mais sobre as intenções do Criador.[5]

Certo, a causalidade técnica continua a ser um esquema indispensável ao qual — "nós, pelo menos, homens" — devemos forçosamente recorrer para pensar um ser organizado. Mas sabemos ao mesmo tempo — e sobretudo — que essa "interpretação" (no sentido nietzschiano da palavra) não prejulga em nada quanto à natureza desse ser. É sempre assim, de resto, que as coisas se passam, quando Kant transcreve em linguagem crítica as figuras da finalidade. Quer se trate — no juízo de gosto — de um ajustamento espontâneo da imaginação ao entendimento, por ocasião da percepção das formas, quer se trate, como aqui, da Ideia de uma produção técnica que redobra minha percepção

[5] *K.U.* §68, 305-6. Cf. *Erste Einl.*, XX, 234 e 239-40.

de um ser organizado, a finalidade não aparece *jamais* como um princípio de conhecimento que "autoriza a imputar *à natureza* qualquer referência *a priori* a fins".[6] E Kant vai tão longe nesse rasuramento da finalidade do número dos "conceitos doutrinais" que, em dois momentos, parece aproximar-se daquilo que ele mesmo denomina "o idealismo das causas finais".

Uma primeira vez (§58), constata que não somente o simples mecanismo da natureza basta para produzir a beleza, mas que a "heautonomia" do julgamento de gosto seria incompatível, mesmo, com a finalidade da natureza: se o juízo de gosto é um juízo universal *não subordinado a nenhum conceito determinado*, não pode testemunhar senão contra a tese da realidade das causas finais. Segunda forma desse antifinalismo radical: nada corrobora a ideia de que o mecanismo natural não poderia, por si só, produzir as coisas que nos parecem conformes a uma finalidade intencional De onde tiramos essa segurança? De que fonte saberíamos, por exemplo, que a natureza não contém a razão suficiente da produção dos seres organizados?[7] Não se venha retorquir que essa produção é tão altamente improvável que ultrapassa os limites da verossimilhança. Seria fazer como se causalidade mecânica e "causalidade técnica" fossem dois conceitos explicativos de mesma ordem, entre os quais temos simplesmente de escolher. Ora, não é assim. Se estamos assegurados da realidade objetiva do primeiro deles, nada garante, em contrapartida, que um objeto natural seja possível segundo a causalidade técnica. De modo que, querendo decidir sobre a origem *em si* dos seres organizados, o teleologista encontra-se em posição de inferioridade perante o mecanicista; este pode arguir, no mínimo, da realidade objetiva de seu conceito de causa (mesmo no caso de fazer dela, como aqui, um uso abusivo); o teleologista, se estiver de boa fé, está privado desse recurso.

É preciso, pois, resignar-se: o esquema da causalidade técnica, prescrito pela natureza do entendimento humano, nem por isso deixa de ser *um conceito problemático*: não contraditório, mas cuja realidade objetiva é, por princípio, indemonstrável.[8] De

[6] *K.U.*, Introdução §8, LII. Cf. *Erste Einl.*, XX, 240.
[7] *K.U.*, §71, 317-8.
[8] Kant, *Crítica da Razão Pura* (*KrV*), B-310: "Chamo um conceito problemático..."

onde lhe vem essa inferioridade teórica? Do fato de que nos faz simplesmente demarcar um objeto sem fazer-nos *conhecê-la*, pois a "interpretação" teleológica não é mais que uma demarcação negativa. Designa — para nós — um objeto que pertence à natureza, mas, em lugar de determiná-lo, marca simplesmente *a impotência em que estamos* para conceber esse objeto sem referi-lo a uma causa extranatural.[9] Compreende-se, então, que, *se nos atemos ao plano da objetividade*, o realismo teleológico seja ainda menos sustentável que "o idealismo das causas finais", mesmo se remete a uma atitude tão dogmática quanto o materialista contenta-se com reabsorver o suprassensível na natureza e não mais pronunciar seu nome; o teleologista, esse, eleva-se até o princípio suprassensível da natureza *e o trata como se ele fosse objeto de conhecimento*. Um comete um falseamento de sentido, o outro um contrassenso.

Qual parece ser pois, nesse contexto, o aporte da *Crítica*? Ela proíbe a teologia de fazer uso, jamais, de uma teleologia doravante trazida de volta para dentro dos limites da simples razão; reduz a finalidade a não ser mais que uma grade interpretativa que não mais diz respeito à origem e à possibilidade das coisas mesmas, — no limite, um produto fantasmático da finitude. De que serve, então, conservar a palavra? — pode-se indagar. Por que falar ainda de "finalidade", se é para conceder que, no absoluto, causalidade mecânica e "causalidade técnica" poderiam bem ser as duas faces de uma mesma operação? Melhor ainda: que interesse há, para um teísta, em relegar assim ao incognoscível a noção de um entendimento arquitetônico, para deixar-lhe o estatuto de uma ficção antropomórfica? O fim da terceira *Crítica*, interrogada dessa maneira, toma o aspecto de uma aporia... Mas que quer dizer ao certo "relegar ao incognoscível"?

Renunciar a conhecer o suprassensível não proíbe, de modo nenhum, de *situar-se* em relação a ele. Há mesmo, quanto a isso, observa Kant nos *Prolegômenos*, duas injunções que se entrecruzam:

> Se, com a proibição que manda evitar todo uso transcendente da razão pura, vinculamos o mandamento, em aparência conflitante com

[9] *K.U.* §74, 331.

> ela, de ir até os conceitos que estão fora do campo de uso imanente (empírico), tomamos consciência de que ambos podem subsistir lado a lado, mas apenas até o *limite* de todo uso permitido da razão (...)[10]

É justamente esse limite que a razão, no juízo teleológico, atinge, quando deve referir-se a um princípio suprassensível da natureza, mesmo que seja de maneira oblíqua, sob a forma de um símili-demiurgo. Ora, nada é mais importante, do ponto de vista *crítico*, que a consciência que se tem, então, de "manter-se sobre o limite", pois essa atitude proíbe-nos de pretender "estender indefinidamente nosso conhecimento por experiência de modo que não nos restaria mais nada a conhecer, senão o mundo." Em lugar de acomodar-nos com *a limitação* do conhecimento *à experiência* — da mesma maneira como nos resignamos a uma enfermidade, talvez provisória, — aprendemos que há, por princípio, uma *limitação da experiência.*[11] E isto o simples comportamento teórico, jamais nos teria ensinado: enquanto está engajada no uso teórico, "encerrada no interior do mundo sensível", a razão desconhece inteiramente essa *limitação da experiência* que é, no entanto, a tarefa primordial que lhe incumbe.

> O entendimento, que apenas se ocupa de seu uso empírico, que não reflete sobre as fontes de seu próprio conhecimento, pode, é certo, progredir muito, mas não pode determinar para si próprio os limites de seu uso, e saber o que é possível encontrar dentro ou fora da sua esfera inteira.[12]

Sem o surgimento da atitude crítica — que aqui é preciso opor à rotina do comportamento teórico — a razão jamais pensaria em delimitar o campo da experiência, isto é, aperceber-se, na condição de razão teórica, como *limitada pelo* suprassensível *entendido de maneira positiva.* É essa operação que é descrita pela *Crítica do Juízo*, onde se sabe que, sem a constante referência ao suprassensível, nenhum dos atos da Reflexão seria inteligível.[13]

[10] Kant, *Prolegômenos a Toda Metafísica Futura* (*Proleg.*), §57, IV, 356-7.

[11] *Proleg.* §59. IV, 361. Cf. *Fundamentação da Metafísica dos Costumes* (*Grundlegung*), IV, 452.

[12] *KrV*, B-287.

[13] Os juízos estéticos "são uma espécie tão particular que reportam intuições sensíveis a uma Ideia da natureza cuja legalidade não pode ser compreendida se não pomos essa natureza em relação com um substrato suprassensível." (*Erste Einl.*, XX, 247.)

Sem ela, com efeito, não se compreenderia por que o julgamento de gosto pode reivindicar a universalidade sem referir-se a um conceito determinado[14] nem por que a noção de um ser organizado inclui necessariamente a noção de uma causalidade intencional; e o sentimento do sublime perderia todo sentido se não fosse uma representação do suprassensível.[15]

Quer isso dizer que o juízo reflexionante começa a perfurar o mistério do suprassensível? Evidentemente, não: a opacidade do suprassensível permanece inteira. Do mesmo modo, Kant não pretende esclarecer a coisa em si chamando-a de *noumenon*: quer somente significar que a razão não é limitada *em absoluto* elo sensível e que o Outro do sensível, por escapar a nosso conhecimento, nem por isso é uma quimera... É esta indicação que a terceira *Crítica* comenta, em toda sua extensão: pondo em relevo, sobre o traçado do limite, os pontos em que a presença do suprassensível se impõe a nós, ela interessa a razão por sua "*extensão negativa*". A tradição intelectualista, bem sabemos, compreendeu esse procedimento como uma renegação do projeto crítico. Brunschwicg escrevia que Kant, ao situar o fenomenal e o noumenal um em relação ao outro, assemelha-se a um fotógrafo "que tivesse misturado seus clichês e não conseguisse mais dizer qual é o positivo e qual o negativo".[16] Deixemos de lado o sarcasmo, mas aceitemos a imagem, pois ela nos orienta, talvez, na direção do *verdadeiro projeto crítico*: inverter a repartição ingênua do positivo e do negativo tal como é efetuada pela razão teórica.

Voltemos agora a nossa impressão de primeira leitura, — ao antifinalismo que tão vivamente nos chamou a atenção, há pouco, na *Crítica do Juízo*. Prontamente veremos o quanto seria superficial limitar nossa atenção à hostilidade de Kant pela teleologia tradicional. Sem dúvida, a proximidade, tantas vezes evocada, do suprassensível confirma que toda tentação de "física teológica" é derrisória. Mas, se a *Crítica do Juízo*, é antes de tudo, como acabamos de entrever, uma análise da *limitação*, este colocar entre parênteses a teleologia doutrinal

[14] *K.U.*, §59, 258-9.
[15] *K.U.*, Observação Geral à Exposição, 115-6.
[16] Brunschvig, *Âges de l'intelligence*, p. 113.

poderia muito bem ser apenas uma tática, não um objetivo. Certo, a finalidade não mais diz respeito às "coisas mesmas", mas essa convicção não acarretará nenhum desencantamento, se tomarmos consciência de que "as coisas mesmas" — a saber, aquilo *que assim denominamos no uso empírico* — não passam de fenômeno.[17] Certo, nada permite esperar que a formação de um ser organizado será reconhecida algum dia como inexplicável mecanicamente. Mas seria essa descoberta indispensável à "boa causa"? Supondo que se prove que *todo entendimento* — e não somente nosso entendimento discursivo — deve representar-se "tecnicamente" uma totalidade orgânica, disto se seguiria que nosso modo de conhecer é a medida das coisas, que é legítimo, pois, considerar os fenômenos como coisas em si... A *Crítica* teria sido escrita à toa. Mas que benefício o teísta obteria com isso? Desapareceria a ideia de um princípio incognoscível da natureza e, com ela, o direito que a *Crítica* nos dá de justapor sem contradição a explicação mecânica e a "compreensão" teleológica. Não haveria mais que o confronto de dois modos de explicação que se excluiriam mutuamente, Voltaire contra Reimarus. Isso não seria perigoso, a longo prazo? E mesmo a curto?

Renunciemos, em vez disso, à ambição teorética que animava a teologia: iremos aperceber-nos de que o debate doutrinal era *sem objeto* e que os antagonistas (naturalistas e supranaturalistas) nem sequer eram concorrentes. Uma vez que o enigma do suprassensível jamais será dissipado e jamais se saberá como os dois princípios poderiam constituir um só,

> pode perfeitamente subsistir, lado a lado, que a *explicação* de um fenômeno, que é a operação da razão segundo princípios *objetivos*, seja *mecânica*; e que a regra do *julgamento* desse mesmo objeto, porém, segundo princípios subjetivos da reflexão sobre ele, seja *técnica*.[18]

[17] "... segue-se que é somente uma consequência da natureza particular de nosso entendimento se nos representamos como possíveis produtos da natureza segundo outra sorte de causalidade que não a das leis naturais da matéria, a saber, segundo a dos fins e das causas finais, e se esse princípio não diz respeito à possibilidade dessas coisas mesmas (consideradas como fenômenos) segundo esse modo de produção, mas somente o julgamento que nosso entendimento pode emitir sobre elas. Por aí vemos também porque, na ciência da natureza, não nos satisfazemos por muito tempo com uma explicação dos produtos naturais pela causalidade final..." (*K.U.* §77, 350.)

[18] *Erste Einl.* XX, 218.

É, pois, "com toda confiança" que se poderá doravante utilizar causalidade mecânica (no fenômeno) e "causalidade técnica" (para o julgamento reflexionante).[19] Uma vez mais o apelo ao suprassensível mostra-se capaz de estancar a querela[20] e, mais que nunca, o teísta, longe de sentir-se lesado, deveria permanecer "sem inquietude a propósito da boa causa"[21]: a *Crítica*, para ele, é uma aliada inestimável.

É verdade que a "técnica da natureza" não é mais que uma "simples referência das coisas à nossa faculdade de julgar", um "*auxilium imaginationis*" que não prejulga daquilo que a natureza pode em sua espessura. "Não se sabe o que pode o corpo": tinha razão Espinosa. Mas *sabe-se* que jamais se saberá. Assim sendo, o teísta não abandona sua tese doutrinal senão para trocá-la por uma segurança ainda mais preciosa: dado que uma ex-lição mecanicista da finalidade seria concebível tão somente... no suprassensível, a compreensão teleológica, reinstalada dentro de seus limites, está agora subtraída a toda contestação possível. A *Crítica* torna inexpugnável a posição do novo teleologista, do mesmo modo que dava ao *partisan* da liberdade o recurso de uma "defensiva" sem falhas contra "aqueles que pretendem ter visto mais profundamente dentro da essência das coisas e, por causa disso, declaram atrevidamente a liberdade impossível".[22] Por mais longe que vá o modo de explicação mecanicista, por mais ilimitado que seja o seu direito, jamais ele fará que se apague a Ideia de uma causalidade técnica. Assim, pode-se assegurar que "a autocracia da matéria" é uma expressão *seguramente* desprovida de sentido e que não haverá *jamais* um Newton da folha da relva.[23] Não se trata, de modo nenhum, de um prognóstico temerário sobre o porvir da ciência: são simplesmente as consequências que se podem tirar da análise crítica da razão. Feliz natureza da razão, que, votando os homens à Ideia de um entendimento arquitetônico, com isso furta ao materialista toda esperança de levar a melhor.[24] Toda

[19] *K.U.* §78, 359.
[20] *K.U.* §77, 353. Cf. a solução da Antinomia estética, §57, 237-8.
[21] "Uebrigens seid wegen der guten Sche (des praktischen Interesse) auszer Sorgen..." (*KrV*, B-772).
[22] *Grundlegung* IV, 459.
[23] Cf. *K.U.* §75, 338; §80, 366 e 372; §82, 387.
[24] *K.U.* §78, 362.

explicação teleológica pode muito bem ser banida: a esse preço, a *máxima* teleológica, essa, está definitivamente em segurança.

Contudo, seria errado contentar-nos com as metáforas estratégicas ou diplomáticas. A *Crítica do Juízo* seria uma empreitada bem mesquinha se nela Kant se limitasse a propor ao metafísico, seu contemporâneo, um compromisso que consistiria em ceder na "física teológica" para ficar protegido do materialismo. É para algo bem diferente que o metafísico é convidado: para uma conversão de seu "modo de pensar", para uma mutação de mentalidade. O objetivo não é tanto conservar a todo preço um sentido para as palavras da teleologia e da teologia, quanto convencer-nos, antes de tudo, de que, até o presente essas palavras não podiam ter nenhum sentido legítimo. Nunca se soube o que era um fim. Nunca se soube o que era o divino. É significativo que a *Crítica do Juízo* termine com uma crítica do Primeiro Motor, exemplo de conceito teórico, portanto não pertinente, que se construía a respeito do divino. É para aquém dessa teoretização que é preciso retornar. Sobre o eixo dela, pensa Kant, o agnosticismo religioso tinha, forçosamente, de aparecer. Para isso basta que decline a *hýbris* do teorícista, sem que desapareça a miragem que o fascina — sem que o conceito de Deus, por exemplo, deixe de pertencer, por direito, à "metafísica na medida em que esta contém somente os princípios puros *a priori* da física".[25] Nesse caso, chega-se então muito depressa à recusa da possibilidade pura e simples de *toda teologia*. Nesse caso, quem é coerente é Hume: uma vez que um volume de teologia jamais conteve *ciência* nenhuma, "atirai-o ao fogo, pois contém apenas sofismas e ilusões". A exigência de "cientificidade" não é criticada: constata-se somente que não será jamais satisfeita. E só resta ao filósofo, teoricista amargurado, recolher-se aos princípios que lhe ordenam não prolongar o uso da razão para além da experiência possível.[26]

Notemos que, se não vemos na *Crítica* nada mais que a dissipação da ilusão metafísica, iremos infalivelmente inflecti-la no sentido da inspiração que, segundo Kant, é a de

[25] Kant, *Crítica da Razão Prática* (*KPV*), V, 249.
[26] *Proleg*. §58, V, 360.

Hume. É talvez inevitável que, apesar de todas as precauções de Kant, a primeira *Crítica* incline o leitor a cometer esse contrassenso. Basta centrar a *Crítica* na Analítica e esquecer que a interrogação sobre a possibilidade do conhecimento *a priori* é o instrumento da ciência da limitação da experiência, para não ver mais, na *Crítica*, nada além de um confinamento do uso teórico aos limites do "fisiológico". Kant não teria feito mais que traçar — e, afinal de contas, bem arbitrariamente — uma fronteira para o uso teórico. Deixa-se então de lado a questão genealógica sem a qual a *Crítica* perde seu interesse: por que, por um tempo tão longo, foi possível iludir-se quanto aos recursos da *Theôria*? a que desgarramento originário remonta a filosofia? A resposta: o interesse pelo fenômeno foi tal, que inconscientemente se pensou como *fenômeno* aquilo que não é mais da alçada da experiência. A "razão especulativa" é, antes de tudo, cientificista e "naturalista": "(...) teria necessariamente de se servir de princípios que, reportando-se de fato apenas aos objetos da experiência possível, se fossem aplicados a algo que não pode ser objeto de experiência, *o converteriam realmente em fenômeno*, desta sorte impossibilitando toda *extensão prática* da razão pura".[27]

Já é difícil ler do mesmo modo a dialética transcendental. Quanto à *Crítica do Juízo*, suprema réplica de Kant a Hume, esta põe fim a todo mal-entendido possível, despojando o *a priori* teórico do privilégio graças ao qual, em definitivo, a crítica humeana da teologia pode ser tomada em consideração. Indício de que tal é exatamente o objetivo de Kant no final da *Crítica do Juízo*: a frequência com que ele retoma os argumentos antiteológicos de Hume.

Neste ponto, também, não é fácil apanhar Hume em falta. Que lhe responder, por exemplo, quando ele mostra que é impossível concluir pela existência de uma "causa inteligente una"[28] e formar legitimamente o conceito do Ser supremo (onisciente, onipotente etc.)? Nada autoriza a "supor toda a perfeição possível ali onde há somente lugar para se admitir muita". Nada autoriza, tampouco, em boa metodologia, a atribuir às causas outras propriedades

[27] *KrV*, *Prefácio à Segunda Edição*, B-XXX.
[28] *K.U.*, Observação geral, 475-6.

além das qualidades que lhe bastam exatamente para produzir o efeito.[29] Até aí, a regra de Hume é inatacável — e o teísmo, *teoricamente*, está condenado, como estava condenado, há pouco, a física das causas finais.

De resto, no plano do "simples uso teórico da razão", o teísmo nunca passou de uma ficção sem consistência. Os únicos a serem "consequentes" com esse uso teórico foram os pagãos, que rejeitavam a ideia, para eles arbitrária, de um autor uno e supremamente perfeito.[30] Se a filosofia cristã tivesse procedido com a mesma "consequência", jamais teria chegado senão a "uma demonologia, imprópria a todo conceito determinado"; não teria então "desperdiçado o conceito de uma divindade".[31] Se somente merece esse nome uma causa capaz de sujeitar a natureza inteira a um fim único, ninguém jamais forneceu a prova teórica de que existe uma divindade. E a máxima teleológica, nós o sabemos, permite no máximo, à faculdade de julgar, conceber "um entendimento artista para fins dispersos", que se deve tomar o cuidado de não identificar ao Deus revelado. Em suma, seja qual for a instância teórica a que se recorra, a asserção "Há um Deus" é injustificada.

> Segundo os princípios simplesmente teoréticos do uso da razão, dos quais a teologia física tira seu único fundamento, jamais se pode obter o conceito de uma divindade que baste a nosso julgamento teleológico da natureza.[32]

Eis-nos, pois, em presença de um paradoxo semelhante àquele que encontramos há pouco: do mesmo modo que a finalidade era transformada em simples cláusula da finitude do "*Gemüth*", assim o "Deus" dos "*Gotteslehrer*" jamais deveria ter sido tomado por algo que não um "demiurgo" ou um "demônio".

[29] David Hume, *Ensaio sobre o Entendimento Humano*; trad. francesa Leroy, p. 190. O argumento é igualmente utilizado na Dialética Transcendental: a prova físico-teológica não tem o direito de passar da grandeza do Autor do mundo ao conceito de uma realidade que abranja tudo (*KrV*, B-657). Cf. *K.U.* §85, Observação Geral, 474. — E já em *A Única Prova Possível* (*Beweisgrund*), 3ª secção, II, 160.

[30] Sobre a coerência do politeísmo e da demiurgia no paganismo, além de *K.U.* §, *KPV*. V, 253, *Beweisgrund* II, 124. Sobre a inferioridade do monoteísmo judaico em relação ao paganismo, *A Religião dentro dos Limites da mera Razão*, VI, 125-157.

[31] *K.U.* §85, 403.

[32] Ibid., 406.

Assim, compreende-se que Kant possa falar de "uma vantagem que parece à primeira vista uma perda".[33] Que benefício pode tirar uma teologia dessa nova figura do perde-ganha?

Notar-se-á, em primeiro lugar, que a *Crítica do Juízo* não retoma pura e simplesmente a crítica das provas da existência de Deus. Além de interessar-se, desta vez, unicamente pela prova físico-teológica, Kant propõe uma análise nova desta prova. Não é mais o paralogismo que ele pretende pôr em evidência, mas, pelo contrário, a razão oculta que sempre tornará convincente essa prova, a despeito do paralogismo. O teólogo não é mais tão culpado por reintroduzir de contrabando o conceito ontológico de Deus, quanto por cometer outro erro: confundindo teleologia física e teleologia moral, "o argumento não permite reconhecer onde se encontra o verdadeiro nervo da prova".[34] — A diferença em relação à Dialética Transcendental é, pois, sensível. Ali, Kant denunciava a vã pretensão que anima a prova e, ao fazê-lo, não se apartava do espírito da crítica de Hume: que dados de observação lacunosos não permitem nenhuma extrapolação teológica, isto já estava claramente dito nos *Diálogos sobre a Religião Natural*. Mas essa extrapolação, agora, não é mais o essencial. O essencial é que o teólogo *se tenha enganado de caminho* e que, portanto, se tenha tornado incapaz de suprir as insuficiências da teleologia física. Se determinava arbitrariamente o conceito de Deus, como lhe censurava Hume com razão, é porque extrapolava *ali onde não tinha esse direito*.

Assim, é preciso agora apreciar seu fracasso com outros olhos: na primeira *Crítica* mostrava-se somente que a físico-teologia não dá conta de nossa ignorância do suprassensível. Mais grave para o teólogo é não ter jamais suspeitado que a própria expressão "físico-teologia" tem tanto sentido quanto "círculo quadrado"...[35]. Na realidade "a físico-teologia permanecerá sempre teleologia física";[36] como tal, ela tem no máximo o direito de elevar-se a essa "causa do mundo em Ideia", referencial da Reflexão, que não poderia usurpar o nome de *divindade*. A empreitada teológica é

[33] *K.U.* §89, 442-3.
[34] *K.U.* §90, 445.
[35] Sobre a teologia física como "teleologia física mal-compreendida", cf. *K.U.* §85 *in fine*.
[36] Ibid., 401.

assim reconduzida ao ponto zero, mas não mais como na Dialética Transcendental e nos *Prolegômenos*, onde se podia crer que a ignorância relativa ao suprassensível condena de antemão *todo projeto teológico em geral*. Desta vez, aparecerá uma bifurcação conduzindo à verdadeira teologia. Como é frequente em Kant, um procedimento de aparência puramente deceptiva vai inverter-se, convertendo-se em investigação positiva. Vejamos mais de perto como se opera essa reviravolta.

Está entendido que, ao pensar um objeto como "fim-natural", eu suponho (reflexivamente) algo como uma causa técnica. Esta não me faz *conhecer nada*, nem o objeto que suscita a Ideia dela (o ser organizado) nem qualquer outro objeto. Mas funciona como esquema do princípio regulador da unidade final da natureza,[37] permitindo interpretar as coisas do mundo *como se* tivessem sido inclusas em um plano sábio. Ideia "inteiramente fundada no uso cosmológico da razão", precisa a primeira *Crítica*; Ideia que me dá o direito "e mesmo o dever", contanto que permaneça reguladora, "de admitir um Criador do mundo, único, sábio e todo-poderoso."[38]

A *Crítica do Juízo* está em recuo em relação a essa afirmação, e nela Kant usa uma linguagem mais rigorista: enquanto estiverem seguindo a máxima teleológica, vocês cometeriam uma impostura ao visar como uma *divindade* o objeto em Ideia que lhes é "cosmologicamente" útil. De fato, mesmo se se trata somente de *admitir* (e não de *pôr*) uma causa suprema, as objeções de Philon a Cleanthe conservam aqui sua força: pelo mero conceito de uma causalidade primitiva, não concebemos "nada de determinado",[39] e seria exorbitante admitir (mesmo em Ideia, repitamos) uma causa única, sábia e todo-poderosa... Não se dirá mais, portanto, indiferentemente, como o permitia a primeira *Crítica*: "Deus assim o quis em sua sabedoria" ou "A Natureza sabiamente o ordenou

[37] Cf. *Proleg.* §58, IV, 359

[38] *KrV*, B-724-729.

[39] *Proleg.* IV, 359.

[40] "Quanto a saber se esse entendimento, produzindo (a natureza) em sua totalidade, tenha tido, além disso, uma intenção última — a qual, aliás, não pertenceria à natureza do mundo sensível — isso a investigação teórica da natureza é impotente para revelar jamais; seja qual for o conhecimento que atinja, deixa em suspenso a questão de saber se essa causa suprema é primeiro princípio de acordo com um fim último e não, antes,

assim". Como pronunciar a palavra *Deus*, quando nada autoriza a pôr uma suprema sabedoria, ou mesmo sequer uma sabedoria?[40]

A causa parece, pois, estar ouvida: a teleologia não passa de uma interpretação da *phýsis*, que não aporta nada à determinação do *theós*... No entanto, não é tão simples assim. Kant fala, em outro lugar, da teleologia física como uma "propedêutica"[41] à teologia — "propedêutica" cujo estatuto, seguramente, permanece ambíguo.[42] A palavra, entretanto, deve reter a atenção. Acabamos de falar de uma bifurcação conduzindo à verdadeira teologia: onde começa essa bifurcação? Para localizá-la, paradoxalmente, se aprofundará ainda um pouco mais o corte entre *phýsis* e *theós*. O conceito subjetivo de uma causa arquitetônica não basta à teologia: eis-nos agora convencidos disso. Mas é preciso ir mais longe no jogo de perde-ganha.

> Encontramos no mundo, decerto, fins, e a teleologia física os apresenta em tal quantidade que, se julgamos segundo a razão, temos fundamento para admitir como princípio de nossa investigação da natureza que não há nada nela desprovido de fim...[43]

Toda coisa na natureza tem um fim. Mas é impossível ater-se a isso: a teleologia física, lançada por essa via, vai fazer surgir uma exigência à qual será, por outro lado, incapaz de satisfazer. Se não há nada que não possa ser tido por um produto técnico *útil a alguma coisa*, por que não *a natureza mesma*? E que fim visava a inteligência em Ideia quando criou essa natureza? Em suma, qual é o fim último do mundo? A questão é legítima.

> Como se pensa um entendimento que deve ser tido como a causa da possibilidade dessas formas, tais como as encontramos realmente nas coisas, é preciso também perguntar-se qual é a razão objetiva que pode ter determinado esse entendimento a produzir um efeito desse gênero.[44]

em virtude de um entendimento que seria determinado pela simples necessidade de sua natureza a produzir certas formas (segundo a analogia com o que denominamos instinto de arte nos animais), sem que se deva por isso atribuir-lhe sabedoria e menos ainda uma sabedoria suprema..." (*K.U.* §85, 409).

[41] Ibid., 410; §88, 435.

[42] A teleologia "abre uma perspectiva sobre a natureza de modo a poder melhor determinar o conceito, de resto tão estéril, de um ser originário" (*K.U.* §85, 401).

[43] §88, 430.

[44] §84, 397.

Essa exigência em si mesma nada tem de absurda: em um *sistema* da unidade final, é legítimo reportar os fins condicionais ao fim incondicional ao qual estão subordinados;[45] é razoável imputar à causa técnica em Ideia "não somente fins para toda a natureza, mas também um fim último." Afinal, "é o menos que se poderia pedir à filosofia especulativa; (...) é pouca coisa, mas é ainda bem mais do que ela pode fazer."[46] Impossível, de fato, determinar o conceito, extranatural, de um fim último da natureza, a menos que recaiamos na hiperfísica — e isso, acrescenta Kant, "mesmo que fôssemos capazes de abarcar empiricamente todo o sistema." Por isso a teleologia faz surgir uma questão que nem sequer está em condições de colocar.[47]

É como se uma arapuca se fechasse. Por um lado, o modelo de interpretação tecnológica acaba por sugerir a procura do fim último. Por outro lado, nosso pertencimento à natureza nos proíbe de empreender essa procura. Ainda aqui, uma comparação com os *Prolegômenos* e o Apêndice à *Dialética Transcendental* permite medir a diferença de ótica. A símili-"teologia" exposta nesses textos dava-nos o direito de considerar a relação do mundo a seu Criador (= X) como a do navio ao engenheiro.[48] Ora, essa comparação não leva mais a nada quando se trata do *fim último*: se nos perguntamos por que "o engenheiro = X" construiu esse navio, não há nenhuma esperança de resposta, mesmo simbólica. E isto por uma razão bem simples: seria contraditório que uma explicação *de tipo natural* fornecesse uma *resposta última*, pois uma explicação natural sempre deixa em suspenso um novo "para quê?". Esse navio foi construído para a expedição de Colombo: mas por que pensava-se alcançar as Índias Orientais?... Seja qual for a relação de utilidade indicada, jamais corta cerce a um novo *Wozu*?: para que fim essa destinação? Tudo o que nos ensina o ponto de vista da "utilidade", dirá Hegel, "é que as coisas finitas remetem para além delas mesmas."[49]

O naturalista ou o médico, sem dúvida, têm interesse em conceber a natureza como um sistema de que cada elemento

[45] §86, 412-3.
[46] §88, 431.
[47] "A físico-teologia (...) nem sequer chega até à perguntar por ele..." (§85, 401).
[48] Cf. *K.U.* §59, 257.
[49] Cf. Hegel, *Enzyclopädie* §205, Zusatz (Glockner, VIII, 416-7).

é bom para alguma coisa. Mas a questão *Wozu* deixa de ser pertinente se a aplicamos à existência da natureza mesma: em lugar de agulhar-me em direção da instância incondicional que procuro, ela me desgarra no mau infinito. É razão para deixá-la de lado? Não. Há outra saída: mudar de "modo de pensar" — no caso: esquecer as metáforas tecnológicas, não mais imaginar o *fim último* como o que o alvo é para o arqueiro ou o porto para o piloto. Imagem naturalista, a imagem técnica não vale nada desde que não mais se interroga sobre um conteúdo existente *na natureza*. Desde que não mais se trate de *Naturforschung*, é inútil pensar o mundo como uma máquina ou um relógio; essa típica ingênua desvia-nos, mesmo, do único caminho pelo qual será possível pôr a existência de um Deus que não seja mais um demiurgo disfarçado. — Eis o que encerra, finalmente, de positivo a decepção que *deve* fazer-nos experimentar a *Crítica*, quanto aos recursos da teleologia física. E eis que entrevemos de qual vantagem teológica o fracasso teleológico era o reverso.

Neste ponto é que iremos reencontrar o sentido da *Crítica do Juízo* em seu conjunto, pois essa rejeição da imagem demasiado familiar da finalidade artesanal é o motivo dominante da obra inteira. "Diz-se demasiado pouco da natureza chamando-a de análogo da arte, pois imagina-se então o artista como um ser racional fora dela." As belas artes, mesmo, não são apreciadas senão quando a finalidade fabricadora não mais transparece nelas.[50] E o amante do belo não concederá interesse à existência das formas senão sob a condição de esquecer que são produtos culturais. Que se examinem as dicotomias: "fim-natural" / demiurgia, gênio / fabricação, beleza livre / aderência ao modelo... Todas elas sugerem a ideia de uma "finalidade" inédita, liberada do paradigma da *produção voluntária*, como se o objetivo de Kant fosse uma mutação do sentido da palavra "finalidade" inédita, liberada do paradigma da *produção voluntária*, como se o objetivo de Kant fosse uma mutação no sentido da palavra "finalidade" e a justificação dessa mutação.

Em que consiste a mudança? No fato de que a *vontade operante não é mais um elemento essencial da definição de*

[50] *K.U.* §45, 180.

um fim. Um fim é simplesmente "o conceito de um objeto na medida em que contém também a razão de sua realidade": "pensa-se um fim quando não se pensa simplesmente o conhecimento de um objeto, mas o objeto mesmo [sua forma ou sua existência] como um efeito só tornado possível pelo conceito desse efeito."[51] E Kant logo a seguir acrescenta esta precisão: "mesmo senão colocamos a causa desse fim em uma *vontade*,"[52] o objeto merecerá ainda ser denominado *fim* se tudo se passa *como se* sua possibilidade fosse conforme a uma representação.

Essa redefinição da causalidade não é gratuita. É solicitada pela questão que está no ponto de partida da *Crítica do Juízo*: como compreender a legalidade das leis empíricas da natureza *em sua contingência*?[53] Ou ainda: que ideia deve formar-se da natureza o *Naturforscher*, ao representar-se a variedade das formas ou das leis como uma especificação de leis gerais? Como tem ele o direito, e mesmo o dever, de supor a presença de um sistema que nada, objetivamente, atesta? Seu único recurso, responde Kant, é invocar "*a semelhança com a possibilidade das coisas que supõem uma representação em seu fundamento*": "*é aqui que tem nascimento* o conceito de uma finalidade da natureza"[54] — e é unicamente por esse viés que a finalidade se torna um conceito central da *Crítica*. Não há nada de surpreendente, pois, se as palavras "arte", "técnica da natureza" perdem quase tudo de sua acepção tradicional na linguagem crítica e se a "finalidade" remete a uma operação outra, que não o trabalho humano.[55] A imagem que melhor a ilustra, agora, é a de uma totalidade que engendra suas partes

[51] *K.U.* Introd. §4, XXVIII; §10, 32.

[52] *K.U.* §10, 32.

[53] *Erste Einl.* XX, 216.

[54] "... Qualificamos uma coisa de final quando sua existência parece supor uma representação dessa mesma coisa; ora, as leis da natureza, que se apresentam em sua constituição e suas relações mútuas como se a faculdade de julgar lhes tivesse traçado o plano para sua necessidade própria, oferecem a semelhança com a possibilidade das coisas que supõem uma representação dessas coisas em seu fundamento..." (Ibid.).

[55] "Mas futuramente empregaremos também a expressão 'de técnica' onde objetos da natureza, às vezes, são julgados somente como se sua possibilidade se fundasse em arte, casos em que os juízos não são teóricos, nem práticos (na significação que acaba de ser apresentada) pois não determinam nada da índole do objeto, nem do modo de produzi-lo..." (*Erste Einl.* XX, 200-1).

especificando-se. Kant chega até mesmo a dar à palavra *Zweck* (fim) uma definição que faz pressentir o conceito no sentido hegeliano.[56]

É compreensível, então, que o autor, no início de cada uma das duas introduções, tenha julgado conveniente limitar criticamente o conceito de *técnica*. Habitualmente, diz, costuma-se identificar *técnica* e *prática*, como se nada separasse prescrições técnicas e leis práticas. Tanto umas como as outras, é verdade, são da competência da vontade, "faculdade de agir segundo a representação de leis".[57] Mas, por isso mesmo, é importante distinguir: (a) a vontade operando como *causa natural* e determinada por móveis naturais "a fim de produzir um certo efeito possível segundo os conceitos naturais de causa e efeito";[58] (b) a vontade enquanto se submete a leis provenientes da liberdade, "sem previamente levar em consideração fins e intenções". Foi por não terem feito essa distinção que os filósofos reservaram o nome de *práticas* a proposições teoréticas subsidiárias, a receitas de produção de uma coisa da qual se conhece a natureza. Desse modo, a dicotomia ilusória "teoria/ prática" dissimulava a soberania irrestrita do *teorético-técnico* e tornava impossível pensar o prático em sua originalidade. Uma vez que só se conheciam como ações voluntárias ações que poderiam ser produzidas igualmente por causas naturais[59] e a "vontade" aparecia como uma causa natural submetida à produção, não se podia sequer conceber que houvesse uma *vontade como tal*, quimicamente isolável de todo móvel natural e dotada de um princípio específico. *É justamente* a leviandade dessa conceitualização que vem trazer à luz a questão sobre o fim último da existência do mundo.

[56] "... A representação separada de um todo que precede a possibilidade das partes é uma mera ideia, que, quando é considerada como fundamento da causalidade, se chama fim" *(Erste Einl.* XX, 236).

[57] Definição ampla da vontade, por exemplo *Grundlegung*, IV, 412.

[58] *K.U.* Introd. §I, XIV.

[59] *Erste Einl.* XX, 196. "A filosofia prática trata ou da possibilidade das coisas para a vontade livre e se chama pragmática, ou da possibilidade dessa vontade mesma, e então é prática no sentido estrito. É a filosofia da práxis em geral, isto é, dos princípios do querer, não dos meios de que se serve a vontade para a produção dos fins" (Reflexão 6.817).

[60] *K.U.* §84, 397-8.

Se o fim último é tal que "não depende de nenhuma outra condição além de sua ideia",[60] não se pode concebê-lo como "um fim a realizar" (*bewirkende Zweck*),[61] sempre suscetível de ser um meio a serviço de outro fim mais distante. Para localizar um ser teleológico que não depende de nenhuma outra condição além de sua ideia, é preciso, pois, endereçar-se ao ser racional na medida em que age unicamente sob o controle da Lei — na medida em que submete todos os seus fins (no sentido habitual) a uma instância reguladora que ele se representa como "absoluta e independente das condições naturais".[62] Sem o homem submisso à Lei, ou os fins mundanos não desembocariam em nenhum fim último, ou a existência do mundo seria desprovida de fim.[63] Sem o fato da limitação do querer natural pela Lei, a noção de *fim* continuaria a pertencer unicamente ao vocabulário da população, e a ideia de *fim último* deveria portanto parecer-nos uma quimera, assim como seria quimérica a esperança de determinar "Deus", seu autor.

Tomar consciência disso é mudar de "modo de pensar", no sentido em que o entendia Kant na Introdução. E é a essa mudança que a análise do julgamento teleológico constrange lentamente o leitor. Ao mesmo tempo, este começa a compreender que a

[61] Sobre a especificidade do fim que deve ser a matéria de toda vontade boa, cf. este texto importante da *Grundlegung*, IV, 435: "... é preciso fazer abstração de todo fim a realizar (que poderia tornar boa uma vontade apenas relativamente), é preciso que o fim seja concebido aqui, não como um fim a realizar, mas como um fim *existente por si*, que seja, por conseguinte, concebido de maneira somente negativa, como um fim contra o qual não se deve jamais agir."

[62] *K.U.* §84, 398. "Se houvesse, em contrapartida, seres racionais, mas tais que sua razão coloca o valor da existência das coisas unicamente na razão que têm com a natureza (isto é, em seu bem estar) e não está em condições de proporcionar-se por si mesma um tal valor original (na liberdade), então haveria, sem dúvida, fins (relativos) no mundo, mas não um fim último (absoluto), pois que a existência desses seres racionais permaneceria desprovida de fim." *(K.U.* §87, 422-3) Diga-se de passagem: o fim da *Crítica do Juízo* teleológico é o exemplo de uma estratégia de evitamento do niilismo, no sentido nietzschiano, que Kant faz mais que entrever. Em um livro sobre Kant, eu havia colocado o acento, ao contrário, sobre certos aspectos "niilistas" do kantismo, havia dado ouvidos à ressonância desesperada de certas *Reflexionen.* Era subestimar em demasia o trabalho da razão prática, que consiste em aprofundar e ultrapassar esse niilismo, que se poderia chamar pedagógico. É a interpretação de Krüger (Gerhard Krüger, *Critique et Morale chez Kant*, trad. Regnier, Paris: Beauchesne, 1961), unicamente, que é justa.

[63] "Se não é assim, ou a causa dessa experiência não tem nenhum fim, ou há somente, no princípio dessa existência, fins sem fim último" (§87, 423).

filosofia prática, longe de ter sido justaposta à filosofia teórica por um capricho do autor ou por seu respeito pela tradição, era comandada pela *incompletude desta*. Sem que nenhuma ponte seja lançada de um "domínio" ao outro,[64] uma transição pedagógica põe em destaque, assim, a unidade, até então secreta, da filosofia crítica — mas dando a ela, notemos, o aspecto inesperado de uma *pré-teologia*.

Pois, no decorrer do percurso, foi também isso que nos revelou nossa investigação. De início, queríamos saber como pode ser que, do sensível ao suprassensível, haja ao mesmo tempo transição e clivagem. Isso equivalia a indagar-se, mais precisamente, como a filosofia prática é uma *transgressão*, mas uma transgressão *indispensável*, um salto que não seja demasiado brusco. Ora, para que assim seja, é preciso ter sempre em vista a possibilidade de uma teologia inexpugnável, a ideia de uma réplica definitiva aos *Diálogos* de Hume. E essa impressão reforça-se quando se confronta a *Crítica* teleológica com os textos de filosofia moral retomados por ela.

Confrontação decepcionante, à primeira vista, pois a *Razão Prática* mostrava já que a análise da moralidade fornece, por acréscimo, o único meio de determinar legitimamente o conceito de Deus. Ensinava-nos que, com a moralidade, "temos um princípio que nos permite conceber a natureza e as propriedades dessa causa primeira como um supremo fundamento no reino dos fins, e assim determinar o conceito desta."[65] Contudo, na *Crítica do Juízo*, o acento se desloca para *a determinação do suprassensível*.

Que o leitor se reporte, por exemplo, para apreciar a diferença, às últimas páginas dos *Fundamentos da Metafísica dos Costumes*. Ali o suprassensível é, antes de tudo, "aquilo de que eu não tenho conhecimento" — a liberdade, um "ponto de vista" que a razão "se vê obrigada a adotar fora dos fenômenos a fim de conceber a si mesma como prática."[66] Na *Crítica do Juízo*, a liberdade, sem nada perder de seu mistério, é sobretudo

[64] Eis porque a teleologia física não é indispensável, de modo nenhum, à prova moral que, por sua vez, não comunica à prova teleológica nenhuma validez. Cf. *K.U.*, Obs. Geral, 474.

[65] *K.U.* §86, 413.

[66] *Grundlegung*, IV, 458.

"o único conceito do suprassensível que — graças à causalidade que nele é pensada — mostra sua realidade objetiva na natureza pelo efeito possível que produz nela."[67] Essa mudança de tom é indício de uma outra problemática. Em filosofia moral, a lei se dava como um fato absolutamente inexplicável, e a liberdade (que ela desvenda) como "o problema mais insolúvel" que a razão especulativa encontra.[68] Na *Crítica do Juízo*, o enigma desempenha o papel de solução: a existência do ser submisso à Lei é a única possibilidade de se dar um conteúdo ao fim último. Está-se vendo: nada mudou, a não ser a iluminação, mas de tal sorte que outro relevo aparece. Em lugar de ser sentida como uma "renúncia" dolorosa,[69] a liberdade se tornou a única chance de conduzir a razão para além de seus limites teóricos[70] e, através disso, de dar enfim um sentido ao conceito que permanecera indeterminado sob o nome de Ideal transcendental.

Vista por esse ângulo, a postulação de Deus não tem mais exatamente o mesmo aspecto que na *Razão Prática*, onde poderia ainda passar por uma adjunção que não é essencial ao equilíbrio do sistema. O importante, no caso, é mostrar que a postulação não altera em nada a doutrina da autonomia e não sujeita novamente a moral a um princípio teológico: se obedeço à Lei, não é, por certo, porque acredito em Deus e na vida futura... Mas por que *devo* crer em Deus? Sobre este ponto a *Crítica do Juízo* é mais explícita, pois parte de um problema outro: sob que condição posso pensar "Deus"? — e mostra melhor qual interesse está em jogo na questão da crença em Deus: esta é necessária se o homem submisso à Lei pretende *permanecer de fato* o fim último da Criação. Sim, pois minha vontade, mesmo desnaturada e unicamente determinada pela Lei, ainda necessita de um fim, *na medida em que continua a ser*

[67] *K.U.* §91, 467. "Mas o que é muito notável é que há mesmo uma Ideia da Razão entre as coisas de fato, enquanto que em si essa Ideia não dispõe de nenhuma apresentação na intuição, portanto de nenhuma prova teórica de sua possibilidade; e essa ideia é a da liberdade, cuja realidade pode ser exposta em ações reais, portanto na experiência, por leis práticas da razão pura e em conformidade com estas, como uma série determinada de causalidade cujo conceito, teoricamente falando, seria inacessível. Entre as ideias da razão pura, essa é a única cujo objeto seja uma coisa de fato e possa ser incluída entre os *socibilia*." (Ibid., 457.)

[68] *KPV*, V, 30.

[69] *KPV*, V, 160.

[70] *K.U.* §91, 468.

vontade: "sem nenhum fim, não pode haver vontade nenhuma."[71] Contudo, como esse fim deve ser prescrito unicamente *pela* moralidade,[72] ele não pode consistir senão no advento de um curso do mundo em acordo com a Lei. Ora, a realização física dessa "constituição" não depende, evidentemente, de mim. Será preciso, pois, que eu considere esse fim como quimérico? Será possível resignar-me a *agir sem fim* quando me conformo à Lei? Não, pois se eu estivesse teoricamente assegurado de que a Lei me incita a cumprir uma tarefa absurda, a razão teórica consideraria "a Lei mesma como uma simples ilusão de nossa razão do ponto de vista prático,"[73] e eu acabaria por subtrair-me à Lei moral. Esta não seria capaz, portanto, de comandar nada que me pareça teoricamente impossível. Se quero, ao mesmo tempo, estar em regra com a razão teórica e perseguir aquilo que a Lei me ordena, só me resta postular a existência de um Autor moral cuja onipotência garantirá que o Bem Soberano não é um engodo. É por esse desvio que é reencontrada a teologia, da qual, a justo título; eu havia desesperado enquanto imaginava (com David Hume) como uma teoria.

Mas esse edifício teológico não vinha sendo construído, pedra por pedra, ao longo do livro inteiro? Desde a Introdução, Kant promete a seu leitor conduzi-lo da "legalidade" da natureza ao "fim último da razão prática"[74] — e a *Crítica* descreve escrupulosamente essa curva. Chegados ao termo do trajeto, compreendemos que o Incognoscível era apenas o primeiro nome, indeterminado, do suprassensível — o nome com que a primeira *Crítica* tem de contentar-se, de vez que sua função ontoteológica é somente a de mostrar a fenomenalidade da natureza.[75] A *Crítica do Juízo*, por sua vez, sem jamais atenuar o rigor das proibições críticas, extrai as consequências do fato de que tais proibições dizem respeito somente à *theôria*. Com ela, o suprassensível

[71] *Theorie und Praxis*, VIII, 279, nota.

[72] XXX "Tampouco se quer dizer com isso que seria necessário *para* a moralidade admitir uma felicidade de todos os seres humanos racionais conforme à moralidade deles, mas que isso é tornado necessário *pela* moralidade" *(K.U.* §87, 424, nota).

[73] *K.U.* §91, 461n. Cf. §87, 428-9 e, já, a análise da crença moral no final dos *Sonhos de um Visionário*, II, 372-3.

[74] *K.U.* Introd. §9, LV.

[75] "O entendimento, pelo fato de que suas leis *a priori* são possíveis para a natureza, dá uma prova de que esta não pode ser-nos conhecida a não ser como fenômeno, o que é ao mesmo tempo o indício de um substrato suprassensível que entretanto é deixado em uma completa indeterminação" (*K.U.* Introd., §9, LVI).

aparece como *determinável*, e não será surpresa que a razão possa *determiná-lo* praticamente com o auxílio da Lei moral...

Entretanto, não se poderia reduzir a *Crítica do Juízo* a esse papel de dobradiça retórica. Se o suprassensível é determinável, é de uma maneira que nada tem a ver com a operação de determinação no plano da natureza. Insistindo neste ponto, a *Crítica do Juízo* transforma a ideia tradicional que os filósofos nos haviam dado do divino. Persuade-nos de que uma teologia digna desse nome nada tem a esperar da documentação que a natureza oferece nem do modo de conhecimento que esta requer. Dissipa a ilusão naturalista à qual cedia ainda o jovem Kant no *Único Fundamento Possível para uma Demonstração da Existência de Deus*, de 1762, onde punha como princípio da unidade das leis naturais "um Deus sábio" do qual, não obstante, não se tinha o direito de invocar a "sabedoria" antropomórfica:[76] era obstinar-se em salvar o "Deus" não-cristão dos filósofos. Se com a *Crítica* e a noção de suprassensível que ela introduz, tudo muda, não é, como inicialmente estaríamos tentados a acreditar, com base na fé da legenda "epistemológica", porque um agnosticismo refinado viria neutralizar todo discurso teológico — mas porque uma outra base é oferecida ao conceito de *theós*. "Deus" não era, no melhor dos casos, nada mais que um conceito indeterminável, enquanto se tinha esperança de encontrá-lo *no fundamento da natureza* e enquanto se confundia o mundo de Newton e a Criação; mas readquire um rosto — e um rosto autenticamente cristão — tão logo o pensemos *no eixo da razão prática e em vista da realização desta*. Compreende-se, então, o sentido da estratégia de perde-ganha, da qual estudamos algumas das figuras: correndo o risco de escandalizar as almas piedosas — esses "velho-crentes" —, é preciso ir até o fim do desnaturamento e apagar na natureza todos os derrisórios vestígios do "Deus"-impostor, para que apareça enfim o lugar sempre ocultado da *teologia*.

Ao mesmo tempo, é também um outro kantismo que se delineia. Um kantismo do qual a epistemologia não é mais senão o preâmbulo. Um kantismo para o qual o suprassensível é uma linha de horizonte de traçado cheio (e não mais a sombra, ainda muito abstrata, de nossa finitude) — um além impenetrável, sem

[76] *Beweisgrund*, secção 2ª, Consideração 2ª, II, 102-3.

dúvida, mas somente para quem teima em viver na nostalgia da *theôria* e recusa-se a compreender que o conhecimento está longe de medir nosso poder de pensar. Pensar é algo bem diferente de determinar objetos naturais: o estudo do juízo reflexionante, demonstrando isso, libera-nos do ponto de vista teórico e dispõe-nos, portanto, a reconsiderar a obra crítica.

Pois jamais se dirá suficientemente o quanto o sentido dessa obra foi deformado pelo apego dos leitores de Kant ao "modo de pensar" teórico. É esse preconceito que nos faz esquecer que a dedução das categorias é, no final das contas, um problema secundário, quando se está convicto de que a razão especulativa só tem o direito de exercer-se no sensível.[77] É ele que nos leva a ver no kantismo o atestado de óbito de toda metafísica, como se Kant não tivesse anunciado o advento de uma "metafísica desconhecida até então". É ele, ainda, que, a se crer no autor, nos conduz infalivelmente à "incredulidade dogmática"[78] ou, pelo menos, deixa-nos desarmados perante Philon. A *Crítica do Juízo*, em face disso, é a revanche de Demeia — o ponto em que a filosofia crítica se volta, se não contra a Ilustração, pelo menos contra a tendência que anima o progresso da Ilustração.[79]

Tal não é, como se sabe, a opinião de Hegel. Mesmo quando é vista com bons olhos por ele, a *Crítica* permanece inseparável da resignação ao não-saber, cúmplice para sempre da detestada Ilustração. Mas não haveria da parte de Hegel uma certa injustiça em desconhecer assim a vastidão de sua dívida? Pois, se é verdade que Kant não conhece outro *saber* a não ser o saber de entendimento, ao qual identifica — imperdoavelmente, para Hegel — toda *theôria*, resta que a *Crítica* restringe ao mais justo o alcance desse saber "finito" — e às vezes o próprio Hegel chega a reconhecê-lo. Se é verdade que a razão pura só tem uma destinação teórica muito exígua, resta que a *Crítica* anuncia a desvalorização da *Natur* (natureza) em proveito do *Geist* (espírito), denunciando a pretensão abusiva dos "conceitos naturais". Se é verdade que, pela postulação, a filosofia prática

[77] Cf. a longa nota do prefácio dos *Metaphysische Anfangsgründe*, IV, 474-6.

[78] *K.U.* §91, 464.

[79] Expressão que tomamos de empréstimo ao livro de Krüger, *Philosophie et Morale*... Cf. o início do cap. II: "A Crítica como tarefa moral da filosofia", trad. Regnier, p. 159-166.

abre para um mau infinito, resta que ela está fundada sobre uma crítica do paradigma tecnológico e da finalidade externa, crítica que iremos reencontrar na gênese do Conceito hegeliano. É verdade, ainda, que Kant põe em forma filosófica os sarcasmos de Voltaire contra a apologética e a *filosofia cristã* em geral, mas só o faz para restituir o discurso sobre Deus à "admirável *religião cristã*" — e, também quanto a este ponto, preparar o caminho para Hegel. Como negligenciar tantos indícios?

Ousemos falar anacronicamente. Fazendo desembocar a *Crítica do Juízo* em uma teologia "desconhecida até então", Kant parece fazer, com singular pré-ciência, o traçado topográfico da "verdadeira teodiceia" hegeliana: a) fora do alcance do *saber do entendimento*; b) transgredindo as significações da *natureza*, "espírito oculto"; c) proscrevendo toda imagem tomada de empréstimo à *técnica humana*; d) deixando explicitar-se a *religião*, em lugar de submetê-la a uma vã filosofia de entendimento. Estranho apogeu da Ilustração, se fazemos o balanço: um livro que convida a fechar os *Diálogos* de Hume para tornar possível *A Razão na História*. Mas o que tem isso de surpreendente? Kant, afinal, sempre declinou da pretensão de fundar as ciências e só se voltou contra Hume porque este "negava à razão todo julgamento sobre Deus, a liberdade e a imortalidade." É preciso fazer inteira justiça a esse filósofo tão genuinamente cristão.

Tradução de Rubens Rodrigues Torres Filho

A RAZÃO PRÁTICA NA *CRÍTICA DO JUÍZO*[1]

Kant insiste sempre na função essencialmente arquitetônica da *Crítica do Juízo*. Com ela é concluído o edifício crítico, porque permite uma *passagem* (*Übergang*) da primeira à segunda *Crítica*. O exame da razão pura teórica mostrara como a natureza obedece à legislação do entendimento. O exame da razão pura prática, como esta fornece uma legislação à nossa faculdade de desejar. Entre um e outro domínio — entre o mundo do *fenômeno* e o do *suprassensível* —, instaurara-se, todavia, um "incomensurável abismo" (*unübersehebare Kluft*), de maneira que nenhuma passagem (*Übergang*) parecia concebível entre o uso teórico e o uso prático da razão, "como se se tratasse de dois mundos diferentes"[2]. Ora, é difícil para o autor deixar-nos à beira desse "abismo" — e isto pelo menos por uma razão: se é verdade, como ficara estabelecido na primeira *Crítica*, que não há incompatibilidade entre natureza e liberdade e que um ser natural pode *também* comportar-se como um sujeito livre, esta garantia é ainda insatisfatória. Por si só, não nos permite compreender como "o conceito de liberdade deve tornar real no mundo sensível o fim imposto por suas leis". Tampouco nos dá qualquer meio de pensar a natureza "de maneira que a legalidade de sua forma se harmonize pelo menos com a possibilidade dos fins que nela devem ser realizados segundo as leis da liberdade". Não só devemos assegurar-nos de que a liberdade possa *coexistir* com a natureza, mas também de que possa nela *exercer-se*. Daí a necessidade de mostrar que a total heterogeneidade das duas regiões (sensível e suprassensível) não impede que haja

[1] Boletim SEAF - n. 1, 1982.

[2] *Kritik Urteilskraft*. V, 175-6/tr. Philonenko, p. 25. Cf. *Erste Einl*. XX, 246/tr. Guillemit, p. 78.

comunicação entre elas. É a este empreendimento, bastante paradoxal, que é consagrada a *Crítica do Juízo*, e é esta intenção que lhe confere unidade. Se não se considera esse projeto de sistematização, a obra toma o aspecto de um conjunto bastante heteróclito: por que reunir sob a mesma rubrica o exame do juízo do gosto e o da finalidade? Por que esse coquetel de "estética" de "biologia"?

A obra, ao contrário, revela sua coerência se a considerarmos como o recenseamento das suposições, ou pressuposições, que o juízo do gosto e o juízo de finalidade nos levam necessariamente a fazer sobre a natureza. O que estes juízos têm em comum é que ambos nos obrigam a considerar a natureza como algo mais do que o teatro de um mecanismo cego regido pela causalidade determinista. Nesse ponto, é verdade, a faculdade de julgar não nos traz nenhum *conhecimento* adicional: simplesmente nos indica que é impossível reduzir a natureza à legislação do entendimento, e que é necessário nela supor uma outra forma de legalidade. Como é possível, por exemplo, que as formas naturais, assim como as leis empíricas, constituam um sistema? Essa ordem, em si mesma, é contingente e poderia se dar de outra maneira. Para dela nos apercebermos, falaremos, então, da natureza em analogia com a arte; suporemos, metaforicamente, uma "técnica da natureza" pela qual esta se organiza em um todo. "Tal é o princípio próprio da faculdade de julgar: a natureza especifica suas leis gerais em leis empíricas, segundo a forma de um sistema lógico, para o uso da faculdade de julgar. É aqui que surge o conceito de uma finalidade da natureza..."[3]

A faculdade de julgar deve, pois, operar com a ideia de um *interior da natureza* que a *Analítica transcendental* certamente não deixara adivinhar. Com essa ideia, o suprassensível continua a furtar-se ao nosso saber finito, que não se enriquece com nenhuma nova província, mas esse fundamento invisível se torna pelo menos *desvendável*; ele nos faz *sinal*. Não temos absolutamente nenhum direito de pretender que os seres organizados sejam os produtos de uma finalidade demiúrgica; esta asserção "hiperfísica" seria desprovida de todo valor teórico. O fato, porém, de se ter de utilizar o conceito de causa final para

[3] *Erste Einl.* XX, 216/p. 37.

se poder pensar os seres organizados não é menos significativo: "É, por assim dizer, um sinal que nos é dado pela natureza de que poderíamos superá-la (*hinauslangen*), graças a esse conceito das causa finais..."[4]

Seria, contudo, esta indicação suficiente para constituir a transição, anunciada pelo autor[5], "de um modo de pensamento a outro", da teoria à prática, do domínio da natureza ao da liberdade? Se a faculdade de julgar, diz Kant, torna possível essa transição, é porque começa a tirar da sombra "o substrato suprassensível da natureza" que a crítica da razão pura deixara completamente indeterminado; em seguida, caberá à razão prática determinar esse substrato "pela Lei prática *a priori*"[6]: A indicação é ainda bem abstrata. Como, *exatamente*, efetua-se tal passagem? Ou ainda: em que momento, na *Crítica do Juízo*, a razão prática deve necessariamente entrar em cena? É o que eu gostaria de tentar mostrar, partindo da noção de finalidade natural que, sob esse aspecto, desempenhará um papel preeminente, como declara Kant ao fim da Introdução. Partamos desta página da *Crítica do Juízo*, considerada muito obscura.

*

O autor começa por lembrar que, do sensível ao suprassensível, toda passagem parece excluída. Daí a extrema dificuldade da primeira *Crítica* (na terceira Antinomia) para estabelecer a possibilidade, ou melhor, a não impossibilidade, de se pensarem os atos voluntários como *efeitos* da liberdade *no fenômeno*. Está pressuposto que o princípio de causalidade não sofre exceção na natureza e que todo acontecimento, mesmo uma decisão voluntária, remete a outro acontecimento que é sua causa: supõe-se, pois, que todo comportamento é, de direito, integralmente previsível. Fica, assim, difícil compreender como a liberdade, instância suprassensível, atemporal, estaria em condições de intervir no curso do mundo. A resposta da primeira *Crítica* fora a seguinte: não nos é vedado conceber a razão como "o poder pelo qual começa a condição sensível de uma série de

[4] V. 390/p. 206.
[5] V. 196/p. 42.
[6] V. 196/p. 42.

efeitos"[7]. Nada começa na razão (e a independência desta em relação à cadeia empírica permanece assim respeitada), mas o ato voluntário, que é o efeito da razão, começa na série das causas: torna-se, desta maneira, pensável a vinculação do homem a duas legislações completamente diferentes. Ora, acrescenta Kant, a noção de finalidade da natureza permite estreitar a ligação entre os dois reinos. Pelo fato de devermos pensar certos seres naturais, os seres organizados, como se fossem fins, somos levados, por extensão, a reconhecer que o *objetivo final* (*Endzweck*) , que deve ser o efeito de todo ato livre, "possa realizar-se somente na natureza, e de acordo com suas leis". Do fato de devermos pensar a natureza, em certos casos, à luz da finalidade, decorreria a segurança de uma convivência entre natureza e liberdade.

Há de se convir que nada é menos esclarecedor que essas linhas da última página da Introdução. Que devemos entender por *objetivo final*? E, sobretudo, em que o fato de considerar os seres organizados por analogia com produtos de arte (e a natureza orgânica por analogia com uma atividade de fabricação) pode fazer-nos progredir na determinação do suprassensível? Dediquemo-nos, em primeiro lugar, a esta questão.

Antes de mais nada, não nos esqueçamos de que o juízo de finalidade é apenas uma *leitura* da experiência, e nada tem a ver, como Kant não se cansa de repetir, com uma asserção objetiva. Não tenho o direito, por exemplo, de afirmar que o cristalino tem por finalidade produzir a convergência dos raios num ponto da retina. Considerando assim as coisas, "não se atribui de modo algum à natureza uma causalidade eficiente a partir da representação de fins, ou seja, uma causa *intencional*, o que constituiria (...) um juízo transcendente, já que invoca uma causalidade que se situa além dos limites da natureza"[8]. Para nós, *tudo se passa como se* o olho fosse um órgão a serviço de uma função, mas devemos tomar cuidado para não confundir esse juízo (ou esse *pré-juízo*) com um conhecimento.

Mas é igualmente necessário atentar para o fato de que o juízo teleológico não é simplesmente uma máxima da razão, uma ideia heurística que facilitaria a tarefa do anatomista

[7] *Kritik der reinen Vernunft*. B-580/p. 404.
[8] *Erste Einl*. XX, 236/p. 64.

ou do fisiologista. A leitura finalista, neste caso, não é uma hipótese que se possa adotar ou rejeitar como bem aprouver, mas um *a priori* que pertence à percepção que se tem de um ser organizado. Se o homem se representa a possibilidade das máquinas vivas condicionadas a um fim, é em razão da estrutura de sua faculdade de conhecer. Não somos, por outro lado, de modo algum livres para abandonar esta representação; por mais "subjetiva" que seja, ela se nos impõe necessariamente, e não temos outro modo de "ajuizar sobre a geração dessas produções consideradas enquanto fins naturais senão o que se apoia num entendimento superior considerado como causa do mundo"[9]. Em suma, nosso juízo espontâneo de finalidade não é um artifício metodológico, mas uma exigência inscrita no estatuto finito de nosso conhecimento.

Isto significa duas coisas. Em primeiro lugar, que esse juízo, repetimos, não poderia absolutamente ser transformado numa asserção teórica, visto que nada nos autoriza a afirmar que a especificidade do orgânico não seja explicável pelo "simples mecanismo" e que o jogo das forças materiais não baste para dar conta dessa "unidade final" (ou dessa aparência de unidade final). Sobretudo, Kant não se converteu ao finalismo dogmático, e não renegou suas afirmações, de tom espinosista, de 1763: "... é necessário, mais do que usualmente se faz, atribuir às coisas da natureza um grande poder de produzir suas consequências conforme as leis gerais"[10]. Em segundo lugar, mesmo que esta produção dos seres organizados unicamente através das forças da matéria não constitua necessariamente um mito materialista, não se deve esperar que nos seja ela um dia desvendada (supondo que exista). Podemos estar certos, ao contrário, de que nenhum progresso da ciência transformará nosso juízo de finalidade numa ilusão. "Pode-se dizer ousadamente que para os homens é absurdo (...) esperar surgir um dia algum Newton capaz de nos convencer, segundo leis naturais, de que nenhuma intenção tenha ordenado nem mesmo a produção de uma haste de capim; é preciso, ao contrário, recusar totalmente esse saber aos homens".[11]

[9] V. 395/p. 210. cf. V. 404/p. 218.
[10] *Einzig Beweisgrulnd.* II, 115/p. 79.
[11] V. 440/p. 215.

Conclusão: o espetáculo dos seres vivos não nos permite em absoluto afirmar que haja, na ordem do mundo, "um ser agindo com intenção". Tal espetáculo só nos conduz — pelo menos a nós, homens — a "postular um ser inteligente no fundamento da possibilidade desses fins-naturais", com a condição, todavia, de jamais esquecer que se trata apenas de uma assunção do juízo que não deve absolutamente ser considerada uma verdade dogmática. Kant, visivelmente, lembra-se das hipóteses fantásticas de Philon nos *Diálogos* de Hume: pode-se sustentar com igual (ou igualmente pouca) razão que a inteligência suprema é um sábio arquiteto ou que funciona à maneira do instinto animal, como um castor ou uma abelha[12]. Enquanto nos limitarmos ao que observamos na natureza, nada nos permitirá descrever o funcionamento desse entendimento supremo cuja Ideia postulamos: nada nos permitirá atribuir-lhe uma atividade realmente finalizadora[13]. Temos, sem dúvida, necessidade da Ideia de um "entendimento artista"; nada, porém, nos autoriza a transfigurá-la na ideia de um ser infinitamente sábio — e é por isso que a pretensa teologia física não passa de uma "teleologia física errônea".

Sobre este ponto, Kant não mudou desde 1763, quando sustentava, contra a físico-teologia tradicional, que devemos atribuir todas as disposições notáveis ou maravilhosas, profusamente oferecidas pela natureza, a "um ser sábio, mas não enquanto sábio". Esse é o tema que ele retoma mostrando no parágrafo 85 da *Crítica do Juízo*, o caráter abusivo e sofístico da "teologia física". De acordo com o preceito de Hume, é ilegítimo supor na causa mais que o necessário para explicar os efeitos observados. Ora, para explicar as formas orgânicas, basta supor "um entendimento artista para fins diversificados" — sem que seja necessário invocar uma sabedoria suprema, que operasse globalmente e cujas disposições fossem sistematicamente determinadas em vista de um único objetivo final. A natureza pode oferecer, como os organismos, máquinas maravilhosamente dispostas, mas "... a natureza nada diz e nunca pode dizer-nos nada sobre esta última intenção (*Endabsicht*), sem a qual, todavia, não podemos estabelecer qualquer núcleo de relação

[12] V. 441-2/p. 250.
[13] Cf. *Erste Einl.* XX, 240/p. 69.

(*Beziehungspunkt*) comum a todos esses fins naturais..."[14]. A natureza pode revelar-nos o equivalente a uma "técnica"; não permite, porém, concluir a presença de um planificador supremo. Essa ideia é essencial, não só porque destrói a físico-teologia clássica mas, sobretudo, porque é precursora da noção de História (*Weltgeschichte*) no sentido de Kant e de Hegel. Se a Providência divina deve desdobrar-se em alguma parte, não será doravante sobre o teatro da natureza, mas sobre um outro teatro. O parágrafo 85 é a transição que conduz da ideia clássica de Providência ao neoprovidencialismo hegeliano.

Há, pois, um mutismo insuperável da natureza no que se refere à finalidade. Kant ainda exprime esta ideia de uma outra maneira. É a *forma* ou a estrutura de um ser orgânico, diz ele, que nos obriga a considerá-lo como um fim natural (*Naturzweck*); mas esse juízo, porém, não poderia fazer-nos ver em sua *existência* (ou melhor, no fato de que ele existe) um fim expressamente desejado pela natureza (*Zweck der Natur*). Que um produto seja (ou pareça ser) fabricado com o máximo de engenhosidade, isto não significa que sua existência seja absolutamente necessária ou que, se não existisse, haveria uma lacuna na ordem do mundo. Uma das ingenuidades do finalismo tradicional consistiu precisamente em pretender justificar a todo custo a existência de todos os seres como peças indispensáveis da Criação. De que vale, porém, essa justificação?

Uma haste de capim é um fim natural, mas por que é necessário que exista? Para alimentar o gado, responderá Bernardin de Saint-Pierre. E por que é necessário que haja gado? Porque "este é necessário ao homem como meio de subsistência"[15]. E por que é necessário que haja homens? — Assim, a teologia física nos fará remontar indefinidamente na cadeia dos fins relativos, jamais satisfazendo à "necessidade da razão que nos interroga": "Para que existem (*wozu sind*) todas estas coisas da natureza artificialmente montadas? Para que existe o próprio homem, no qual devemos nos deter como o último fim, para nós pensável, da natureza? Para que existe toda essa natureza e qual o objetivo final de uma arte tão grande e tão variada?"[16].

[14] V. 440/p. 249.
[15] 378/p. 197.
[16] 477/p. 279.

David Hume considerava insolúvel toda questão relativa ao fim último, e acreditava não haver uma resposta final a questões do tipo "com que finalidade?". "Qual é, eu vos pergunto, o fim do homem? Ele foi criado para a virtude ou para a felicidade? Para esta vida ou para a posterior? Para si próprio ou para seu Criador?..."[17]. Estas questões são evidentemente "sem saída" para quem decidiu não ir além da simples observação dos seres *naturais*. A respeito disto, Kant está plenamente de acordo. Quase todo mundo, diz ele, crê *espontaneamente* que a criação sem o homem seria "um vasto deserto, inútil e sem objetivo final" (*umsonst und ohne Endzweck*). Eis um nobre sentimento. Resta, porém, dizer em que *precisamente* a presença do homem confere valor à criação. Alguns responderão: "porque a natureza pode ser assim contemplada por um indivíduo inteligente". Mas, se essa natureza não oferece nenhum objetivo final, porque o fato de ser objeto de contemplação lhe conferiria algum valor? Outros responderão: "porque o homem é capaz de subjugar a natureza a seus fins, e de utilizá-la para seu bem-estar". O que, todavia, concluir de tudo isto? Que, se o homem existe (*wenn der* Mensch da ist), ele se propõe sua felicidade como um fim e está em condições de dispor a natureza para seu conforto. Isso não evidencia de modo algum porque a existência desse animal industrioso seria uma razão que justificasse a existência da criação. Seria ainda necessário determinar qual valor possui de *antemão* o homem para que a convergência da natureza e de seu bem-estar seja digna de interesse *no absoluto. De antemão*: quer dizer, para além do fato de que ele seja um ser natural. O simples enunciado dessa questão mostra que ela não comporta resposta *naturalista.*

O que se indaga é por que o homem, além do fato de ser um animal apto para a cultura e para uma técnica universal, deveria ser a finalidade da Criação. Certamente, pode-se fazer profissão de "humanismo" sem alegar uma tal razão, mas o que significaria, neste caso, o humanismo, por mais estimável que fosse? Só poderia ser um antropocentrismo completamente arbitrário. Também um pensamento deliberadamente naturalista

[17] Lettre à Hutchesen. Citada em Michael Malherbe: *Philos, empiriste de D. Hume*, p. 267.

como o de Hume é consequente ao recusar o antropocentrismo, visto que descartou de suas preocupações toda determinação de fim supremo. Se o homem é considerado somente enquanto "membro da natureza", como determinar o que confere um valor absoluto à sua existência?

Uma teleologia física que pretenda, a partir apenas dos dados de que dispõe, elevar-se ao suprassensível e fundar uma teologia é, pois, forçosamente uma disciplina que transgride abusivamente seu domínio. Não apenas a teleologia física jamais atinge "a Ideia de um objetivo final da existência do mundo", como "nem mesmo se coloca a questão que concerne a esse objetivo final da Criação"[18]. E isto, por uma razão de princípio: a existência de um ser natural pode, enquanto tal, ser explicada teleologicamente como meio para a existência de um outro ser, a qual, por sua vez, só terá o valor de um meio, e assim indefinidamente. Na natureza é impossível determinar um "telos", se é verdade que o "telos" é, primeiramente, como diz Aristóteles, o que não existe em função de outra coisa e interrompe a regressão ao infinito (*Metafísica II*, 994b 10). Pode-se afirmar que a existência de um objeto empírico se basta a si mesma e não existe em função de outra coisa — trata-se, porém, de uma afirmação arbitrária.

Desse modo, bem longe de culminar numa visão do Criador e de sua Criação, a observação do que Kant chama de "técnica da natureza" é de preferência feita para impedir-nos qualquer aventura teológica — e, sobretudo, qualquer estipulação de um *objetivo final da Criação*. Nesse sentido a "técnica da natureza" é bem comparável à razão técnica que age com vistas a realizar fins, mas fins que podem ser apenas relativos. "Se queres obter tal resultado, utiliza, então, tal procedimento" (imperativos da *habilidade*); "se queres assegurar teu bem-estar, conduze-te, então, de tal maneira" (imperativos da *prudência*): em todos esses casos, a ação "é comandada, não absolutamente, mas apenas como meio para um outro fim" — mesmo esse fim não poderá ser considerado absoluto, visto que deve seu valor somente a condições circunstanciais, à presença de nossas necessidades e de nossas inclinações. Em outras palavras, a natureza é a-télica. Permite--nos encontrar apenas *coisas*, ou seja, seres cuja existência só

[18] V. 437/p. 246.

tem o valor relativo de meio. É necessário ultrapassar o horizonte da natureza para encontrar seres cuja existência implique não possam eles ser considerados "simplesmente como meios", quer dizer, seres que sejam pessoas. Ora, como o exame dos fins naturais não nos permite abandonar o solo da natureza, não deixa entrever o que poderia ser um "fim categórico" da Criação , um objetivo tal que sua ideia tornasse vã a pergunta utilitarista: "*para que serve isto?*".

Ao afirmar que uma teleologia física rigorosa nada pode ensinar sobre o "entendimento supremo" ao qual se refere, nem sobre seu "objetivo final", sendo, pois, incapaz de fundar a ideia de uma Providência, Kant reencontra um dos temas essenciais dos *Diálogos* de Hume: a partir da existência da ordem natural, é impossível concluir, sem sofisma, a de uma "suprema inteligência, benevolente e poderosa": "por mais compatível que o mundo possa ser, mediante certas suposições e conjecturas, com a ideia de uma tal Divindade, jamais poderia fornecer-nos inferência em favor de sua existência". (*Diálogos* IIª Parte). Hume, bem entendido, é apenas um "companheiro de viagem", e sua crítica da teleologia só é utilizada porque prepara o terreno para o surgimento de uma outra teleologia, cuja ideia certamente não poderia passar pelo espírito de um naturalista que permaneceu cego ao verdadeiro conceito de *prática*. Tome-se, ao contrário, o ponto de partida de Hume no âmbito da função prática da razão pura, e o insucesso da teleologia física não mais será a última palavra: não será o sinal da impossibilidade absoluta de toda passagem para o suprassensível, mas o sinal de que essa passagem não pode começar numa reflexão sobre a *phýsis*.

*

É a razão prática que nos possibilita a ideia de um objetivo final. É porque sei de *antemão* que o homem, enquanto submetido à moralidade, é um fim em si, que posso ter a certeza de que sua existência não foi criada em vista de outra coisa[19], sendo, pois, a única que dá um conteúdo ao conceito de "objetivo final". Tudo repousa sobre a consciência do fato moral. A observação

[19] cf. V. 434-5/p. 244 e V. 499/pp. 265-6.

da finalidade nos produtos da natureza contribui sobremaneira para guiar-nos até a questão de um fim supremo, mas é somente a consideração da moralidade que "dirige a atenção para os fins da natureza e suscita o exame da grande arte incompreensível que eles escondem sob suas formas, com vistas a ocasionalmente dar, graças aos fins naturais, uma confirmação (*bestätigung*) às Ideias fornecidas pela razão prática"[20]. Avancemos um pouco mais. Suponhamos que não haja na natureza "matéria alguma para a teleologia física". Isto não seria tão grave, pois o conceito de liberdade e a análise da moralidade seriam já suficientes para levar-nos a postular a existência de Deus. Na verdade, acontece que a "natureza pode elaborar algo análogo às Ideias morais da razão". Mas a razão prática, por si só, poderia elevar-se até uma teologia, mesmo que o juízo reflexivo teleológico não lhe trouxesse uma feliz "confirmação"[21].

Assim sendo, uma questão se coloca: em que consistiria a passagem anunciada da natureza à liberdade, do teórico ao prático? E por que consagrar tantas páginas à análise dessa "mediação", apenas para concluir que a teleologia física não passa de uma contribuição subsidiária para a razão prática? Se assim fosse, a *Crítica do Juízo* terminaria certamente com um fracasso.

Atentemos, contudo, para o objetivo preciso perseguido por Kant ao fim da obra. Ele não pretende, de forma alguma, mostrar que a moralidade se anuncia na reflexão teleológica, O que lhe interessa é encontrar a articulação entre esta reflexão e a *teologia moral*, único pensamento de Deus (pensamento e não conhecimento) lícito a um entendimento finito. O juízo teleológico não constitui, pois, uma introdução à filosofia moral, mas à cosmo-teologia necessária à moral, à "visão de mundo" que a cosmo-teologia necessariamente engendra.

A moralidade descrita por Kant é, não raro, reduzida à regulação da prática do sujeito pela razão pura, ou seja, à injunção de obedecer à lei e de adequar a ação do sujeito à forma da universalidade. Se a moralidade fosse apenas isto, seria inteiramente inútil procurar sua antecipação num conceito atinente à natureza, como é o caso do "juízo teleológico", pois,

[20] V. 455/p. 252.
[21] V. 478-9/pp. 280-1.

sob esse aspecto, a ruptura é absoluta entre os dois domínios: quando se trata simplesmente de cumprir nosso dever, não temos que dar conta da constituição da natureza, "não dependemos de sua colaboração". Mas as coisas são bem diferentes quando nos propomos a trabalhar pela efetivação do Bem Soberano no mundo, quando pretendemos agir de forma que nossa ação contribua para instaurar "uma ligação entre a felicidade universal e a moralidade mais adequada à Lei". Intervem, aqui, um fator estranho à moralidade. O sujeito moral deve se colocar uma questão que é extramoral: é o mundo constituído de tal modo que possa favorecer a realização da moralidade?[22]. Sob esse aspecto, deixa de ser inútil procurar os indícios, por mais fracos que sejam, de uma convergência entre natureza e moralidade. O juízo de finalidade adquire, então, um valor estratégico, pois chama nossa atenção para o tipo de concordância que a razão prática, por si mesma, deverá postular.

Concordância (*Zusammenstimmung*) é uma das palavras essenciais da *Crítica do Juízo*. Enquanto a primeira *Crítica* tornara inteligível o acordo entre a forma da natureza e nosso entendimento, a faculdade de julgar nos coloca em presença de *concordâncias* contingentes, e, não obstante, maravilhosas demais para serem atribuídas ao acaso. Que haja uma total "compreensibilidade" (*Fasslichkeit*) da natureza material, que "uma infinidade de leis empíricas" sejam unificáveis sob as leis universais da natureza, eis um indício de que as coisas da natureza se *ajustam* à nossa faculdade de conhecer[23]; eis também uma razão para que o juízo "presuma uma finalidade formal da parte da natureza", quer dizer, uma conivência, que se poderia acreditar premeditada, entre a ordem das coisas e nosso conhecimento. É esta finalidade formal que o juízo do gosto permite analisar: quando digo que uma coisa é bela, quero dizer que sua representação parece destinada a colocar minha imaginação em uníssono com meu entendimento; aprecio a concordância espontânea entre a representação de uma coisa natural e minhas faculdades de conhecer, e o sentimento de prazer que então experimento nada mais é que a constatação

[22] V. 453-4/p. 259.
[23] V. 187/p. 34 — *Erste Einl.* XX, 203/p. 21.

dessa concordância. Mas a faculdade de julgar, por si própria, não pode ultrapassar essa constatação. Que formas finais tenham sido realmente dispostas em vista de seu exercício e que isto seja um *fim da natureza*, a faculdade de julgar não o poderia afirmar[24].

O juízo não pode, todavia, limitar-se a registrar a concordância. Se existe o juízo *teleológico* é porque não me contento em pensar que, num organismo, as partes pareçam funcionar em vista do todo; quero tomar conhecimento dessa notável concordância. Não me contento tampouco em deixar exercer-se e em viver a finalidade formal; não me limito à sua contemplação estética, mas pretendo compreender sua possibilidade objetiva e, também, a possibilidade de uma espécie de "fim natural". Mas "o conceito de uma *finalidade real da natureza* (*eines realen Naturzweks*) acha-se completamente fora do alcance da faculdade de julgar considerada estritamente em si mesma..."[25]. Qual, então, o único recurso que se oferece? "Devemos pensar ao mesmo tempo em outro entendimento em relação ao qual (...) possamos representar-nos como necessária esta concordância das leis da natureza com nossa faculdade de julgar..."[26]. Ou, então, devemos pensar que, "um outro entendimento", a representação do todo do organismo precedeu a de suas partes e orientou sua criação. Devemos pensar: "mas não é por isto que se deve verdadeiramente admitir (*wirklich angenommen*) um tal entendimento..."[27]. Em outras palavras, a suposição de um *outro entendimento* apenas sanciona o sentimento de que não é por acaso que...: não tem, contudo, qualquer peso teórico e permaneceria com reduzido proveito conceitual se não encontrasse uma exigência advinda da razão prática. Graças a esta exigência, a suposição se torna o trampolim da única prova possível da existência de Deus: a "causa inteligente", bastante indeterminada, que apenas se postulava em Ideia, transformar-se-á num Ser *efetivamente* criador e que *efetivamente* busca um objetivo final.

É preciso, todavia, cautela com a expressão objetivo final, pois ela remete, na exposição de Kant, a duas realidades diferentes. Como vimos, o homem, enquanto submetido à moralidade,

[24] V. 291/p. 125.
[25] *Erste Einl.* XX, 233/p. 60.
[26] V. 407/p. 220-1.
[27] V. 108/p. 28.

constitui o único télos possível da existência de um mundo: como tal, tem direito ao título de *letste Zweck* ou de *Endzweck*[28]. Mas um outro sentido aparece no texto. Quando Kant escreve que "a Lei moral (...) também nos determina, e certamente *a priori*, um objetivo final para o qual nos obriga a tender: o Bem Soberano possível no mundo pela liberdade"[29], ele entende por objetivo final o fim que o sujeito moral se obriga a visar, pelo fato de que se coloca como *vontade* boa; o objetivo final é, pois, um *fim a atingir*. Ao contrário, quando se diz do sujeito moral que ele é "um fim existente por si", a palavra não designa de modo algum "um fim a realizar", e deve ser entendida "de maneira apenas negativa": "fim contra o qual nunca se deve agir"[30].

Este "negativismo" é compreensível, na medida em que a análise moral se refere ao princípio da vontade, e, não, à vontade ocupada em realizar um fim. A palavra *fim*, então não mais designa em primeiro lugar o efeito que espero de minha ação, mas "o motivo que tomei como regra geral" de minha conduta. "A ética não poderia partir dos fins que o homem pode se colocar (...). Na ética, é o conceito de dever que deve conduzir aos fins"[31]. Ora, essa perspectiva é também a do juízo estético, cuja análise põe igualmente entre parênteses o conceito de fim no sentido de objetivo. Um dos critérios da beleza é fazer-me experimentar um sentimento de finalidade que exclui toda representação de um fim determinado. Na medida em que julgo *belo* o objeto, não o considero como útil, como apto a realizar um certo fim; não sou tampouco sensível à sua perfeição, ou seja, à maneira como se ajusta a seu conceito e desempenha sua função. Pelo contrário, meu prazer deixa de ser puro a partir do momento em que uma consideração de finalidade objetiva mistura-se a ele: quando acho bonita uma paisagem, não a considero ao mesmo tempo como o produto de uma técnica divina; quando aprecio esteticamente um quadro, não me pergunto se a representação no sentido fotográfico está bem adequada ao modelo. Em resumo, o prazer puro exclui toda apreciação de uma *performance*: desde que se julgue um

[28] V. 499-450/p. 256.
[29] V. 450/p. 256.
[30] *Grundlegung*. IV, 437/p. 165.
[31] *Tugendlehre*. VI, 382.

objeto como um produto fabricado, como um fim artesanal, não mais se julga o belo. E é precisamente esse caráter que liga a beleza à moralidade.

Por que acontece-nos, pergunta Kant, de achar um interesse na contemplação do Belo, e, mesmo, de buscar este prazer? Que as formas naturais sejam agradáveis sem que nenhum demiurgo tenha tido a intenção de fazê-las tais, esta simples ideia exerce sobre nós uma atração. Como compreender este fenômeno? A resposta é bem simples: é justamente a certeza de que nada temos a ver com qualquer finalidade técnica que suscita um interesse. "Como não encontramos este fim em parte alguma fora de nós, buscamo-lo naturalmente em nós mesmos, mais precisamente, no que constitui o fim último de nossa existência, ou seja, em nossa destinação moral..."[32]. O que nos interessa na reflexão sobre o prazer do gosto é o fato de que a natureza parece favorecer um prazer desinteressado, e esta ideia nos remete à de um sujeito desligado de todo projeto mundano e preocupado apenas em obedecer ao imperativo categórico que representa "uma ação necessária por si mesma e sem relação com outro fim"[33].

Eis, pois, uma consonância entre faculdade de julgar e razão prática.

Seria, contudo, isto suficiente para ver-se esboçar uma passagem de uma à outra? Não. A passagem propriamente dita está em outro lugar, reside no fato de que a razão prática determinará, como um Deus efetivo e atuante, o "entendimento artista" que o juízo apenas supusera. Assim, não é propriamente o *sujeito moral* que se anuncia através da *Crítica do Juízo*, mas o *Autor moral do mundo*, cujo juízo teleológico o conceito esboçara. A passagem, no fim das contas, *é teológica*. O que nada tem de surpreendente, se lembramos que, se a moralidade basta a si própria, sua existência é, em contrapartida, inconcebível sem a base *teológica*. Essa verdade foi negligenciada pela interpretação kantiana que não dispensou atenção suficiente ao *outro aspecto* do sujeito moral que, além de *autônomo*, é também *sujeito agente* de acordo com a Lei que tomou como máxima. Pois o sujeito moral também está destinado a agir, e a agir em vista do fim que a razão

[32] V. 301/p. 133.
[33] *Grundlegung*. IV, 414/p. 124.

lhe prescreve: o advento do Bem Soberano neste mundo. "As magníficas ideias da moral" não devem simplesmente reduzir-se a "objetos de assentimento e de admiração". São, antes de mais nada, "móveis de intenção e de execução"[34].

Esse outro ponto de vista, o da moralidade atuante, em nada modifica, bem entendido, os critérios de apreciação da ação moral, mas coloca em primeiro plano *um outro conceito de fim*: o do fim *a atingir*. No prefácio à *Religião*, Kant distingue perfeitamente esses dois pontos de vista complementares. Por um lado, quando se trata de determinar em que consiste meu dever, devo fazer abstração de todo fim a realizar: para saber se devo fornecer um testemunho verídico, de nada me serviria interrogar sobre o fim que devo perseguir testemunhando. Por outro lado, a ação requer, evidentemente, uma determinação voluntária. Ora, como conceber esta sem "um motivo material que determine meu livre arbítrio", ou seja, sem um fim a realizar? Uma determinação voluntária deve ter um efeito. Não é, certamente, a representação antecipada desse efeito que motiva o agente moral enquanto tal: se assim fosse, este se tornaria, no mesmo ato, um sujeito heterônomo. Mas, o agente moral tampouco é um sonâmbulo. Ele deve saber onde (*wohin*) sua ação o conduzirá. Deve ser capaz de responder à questão: "o que pode resultar desse bem agir que é o nosso?"[35]. Ora, para que esta questão tenha sentido é necessário ao menos que o objetivo lhe pareça estar à medida de suas forças: é-lhe, pois, necessário estar convencido de que a realização desse objetivo está em conformidade com a natureza das coisas e com o objetivo visado pelo Criador. Dessa forma, a problemática moral desloca-se para a religião e para a filosofia da História, e é nesse preciso momento que a suposição de uma "causa inteligente" adquire, enfim, todo seu interesse; Kant então nos lembra que somos induzidos a pensar teleologicamente a natureza. "Ora, nós encontramos a verdade dos fins no mundo..."[36]. Eis aí o indício ao menos de que a causa da existência do mundo não procedeu como um automatismo cego e, portanto, de que seu objetivo final poderia ser o mesmo que nossa razão nos proporciona[37]. Como

[34] *KrV*, B-841/p. 547.
[35] *Religion*. VI, 57/p. 22.
[36] V. 454/p. 259.
[37] Sobre o sentido da palavra Criação, cf. V. 499/p. 256.

já vimos, a suposição emitida pelo juízo teleológico não fornece por si mesma nenhuma indicação sobre esse objetivo final. Mas, para aquele que investiga, numa perspectiva prática, o sinal de uma Providência, uma tal suposição se torna o ponto de partida de uma teologia que lhe garantirá que a ação moral não é um esforço irrisório.

Daí podemos, parece-me, tirar duas conclusões:

1. Se a faculdade de julgar é uma ponte lançada entre razão teórica e razão prática, é essencialmente porque ajuda a razão prática a construir a ideia de Deus, indispensável ao exercício desta. Se a razão prática tratasse apenas de nossa "legislação interior", não teríamos o que fazer com a ideia de "uma causa inteligente fora de nós"[38]. Mas os sujeitos morais não são apenas seres puramente racionais; são também "seres-do-mundo" (*Weltwesen*), que devem prosseguir "no mundo" a realização de seu objetivo final. Por conseguinte, é-lhes indispensável poder decidir sobre a relação entre natureza e moralidade — esses dois continentes que nada, à primeira vista, parece ligar.

Assim, compreende-se melhor a importância que reveste a postulação da existência de Deus na qualidade de Inteligência superior e Autor moral do mundo. Esta postulação nada tem a ver com um suplemento religioso à filosofia moral, mas é a condição *sine qua non* para que nossa razão possa representar-se o advento do Bem Soberano, e para que possa, então, tornar-se efetivamente prática, sem nunca desesperar ao longo do caminho. O que não significa que esta necessidade da razão seja um dever: "só pode ser um dever admitir a existência de uma coisa".[39] Muito menos significa — não seria demais repeti-lo — que a autonomia deixa de ser o fundamento único da moralidade, e que, se Deus não existisse, o sujeito estaria dispensado de conformar-se à Lei. A crença em Deus não é a condição da moralidade e é perfeitamente possível a existência de ateus que vivem escrupulosamente dentro do dever. Todavia um ateu sentirá, inevitavelmente, mais cedo ou mais tarde, o sentimento da inutilidade do trabalho que lhe impõe a Lei, e deverá então "abandonar como inteiramente impossível o fim que tinha e devia ter diante dos olhos obedecendo à Lei

[38] V. 447/p. 254.
[39] *KPV*. V. 125/p. 135.

moral"[40]. Esse homem honesto praticará, por assim dizer, a virtude enquanto esteta e não enquanto militante. É, porém, de militantes que a escatologia tem necessidade. Acontece com a virtude o mesmo que acontece com a revolução: não há militância séria sem a crença de que é o curso do mundo que nos conduz irresistivelmente à vitória, e de que nossa ação cotidiana apenas executa um plano traçado ou um veredito já emitido.

2. A faculdade de julgar oferece, pois, antes de tudo, à razão prática, os elementos para a afirmação da existência de uma Providência. Kant, é bem verdade, desconfia da palavra *Providência*, que subtende uma familiaridade despropositada com os desígnios de Deus. Mas se a Providência é, teoricamente, um conceito a ser banido, encontra direito de cidadania na prática. "Do ponto de vista moralmente prático, a ideia de um *concursus* divino é completamente conveniente e mesmo necessária — por exemplo, a crença de que Deus suprirá, ainda que por meios que nos sejam impenetráveis, as deficiências de nossa própria justiça, desde que nossa intenção tenha sido reta, e que, em consequência, nada devemos negligenciar em nossos esforços em direção ao bem..."[41]. É esse *concursus* que o sujeito moral espera de Deus cuja existência postula.

Momento decisivo o desta opção, que a história da filosofia injustamente atribuiu a Hegel. Não é mais (como já observara Pascal) na ordem celeste, nem no maravilhoso agenciamento das máquinas animais nem no sistema dos fins e dos meios naturais que é necessário buscar a sabedoria de Deus: como seria derrisório esse Deus cujo poder estaria à mercê de não importa qual descoberta em um laboratório genético californiano! A sabedoria de Deus consiste na Sua vontade de colocar o curso do mundo em harmonia com a vocação do ser racional. Com isto, percebe-se que a noção (kantiana e hegeliana) de *Weltgeschichte* está intimamente ligada à descoberta da razão pura prática. Visto que o sujeito *racional enquanto tal e agente* não pertence à natureza, a Providência Divina seria bem tola de exercer-se de preferência no teatro da natureza e os físicos-teólogos são bem simplórios em empreender, em favor de causas finitas, um

[40] V. 452/p. 258-9.
[41] *Ewigen Frieden* (Darbellay), p. 115.

combate de retaguarda contra o mecanicismo. É alhures que se manifesta a glória de Deus: não mais na economia animal e vegetal, mas na trama dos acontecimentos; não mais como sistema da natureza, mas como razão na História. Dessa maneira, nada mais resta da imagem de Deus "soberano em seu reino" (Descartes) ou grande mestre da combinatória (Leibniz): Deus será, agora, o traçado da história através do caráter eventual dos acontecimentos. Não mais garantirá a justeza do olhar teórico, como nos clássicos, mas a confiança que tenho no sentido de minha ação. Um malevolente poderia dizer que Deus deixou de ser um dogmático para tornar-se um ideólogo. Dessa grande reviravolta, a *Crítica do Juízo* é a obra mais significativa. Num certo sentido, poder-se-ia dizer que ela devolve à ideia de finalidade o seu valor tão comprometido pela teologia ingênua que tinha sido alvo de Huma. Não seria falso dizer que a *Crítica do Juízo* é a resposta de Kant aos *Diálogos sobre a Religião Natural*, mas restringir-se-ia, dessa forma, singularmente o alcance da obra. O importante não é o fato de que Kant tenha reintroduzido o conceito de finalidade, mas que o tenha reelaborado ao ponto de transfigurá-lo. Kant rompera há muito com o finalismo clássico. Basta reportar-se ao *Único Fundamento de Prova*, de 1763, para que se perceba que o Deus do qual ele ainda admite, na época, uma prova teórica não está tão distanciado do de Espinosa, e nada tem a ver, em todo caso, com uma Providência antropomórfica. As disposições notáveis da natureza não se devem a decretos benevolentes: são efeitos automáticos do determinismo segundo o qual funcionam, desde a criação, as essências das coisas. Kant jamais retornará a esta convicção. A *Crítica do Juízo* reafirma várias vezes que a única explicação natural é a mecanicista. Além disso, a finalidade que ele termina por encontrar não é mais a indústria de um demiurgo (*Zwecktätigkeit*) cujo conhecimento de resto, nos seria recusado: é uma finalidade de *als ob*, uma legalidade que, ao menos para nós, parece estar de acordo com uma intenção (*Zweckmäszigkeit*). Não há mais fins objetivos e, sob esse aspecto, o antifinalismo de Hume ganhou a partida. Mas existe algo mais que fins objetivos, e o novo finalismo irá nascer. Há indícios segundo os quais a natureza se regula pela nossa faculdade de conhecer, de tal modo que a existência de Deus, mesmo permanecendo teoricamente inacessível, deve ser julgada cada vez menos improvável. O suprassensível não se aproxima, mas perde sua opacidade, e um campo é liberado para a teologia moral.

Na natureza mecanicista, de onde Deus está ausente, permanecem muitos traços que nos permitem acreditar na ideia de que nossa ação racional obedece a um sentido. Assim, do governo do ser ao do agir, da gestão da Natureza à orientação da História, a Providência inverteu o seu curso. É, essencialmente, nesta mutação teológica que culmina a *Crítica do Juízo*.

Tradução de Maria Regina Avelar Coelho da Rocha